Thea Dorn
Ultima Ratio

THEA DORN

ULTIMA RATIO

KURZGESCHICHTEN
UND KOLUMNEN

ROTBUCH VERLAG

Die Deutsche Bibliothek – CIP-Einheitsaufnahme

Ein Titeldatensatz für diese Publikation ist bei
Der Deutschen Bibliothek erhältlich

Umschlaggestaltung: projekt®/Philipp Starke
unter Verwendung einer Fotografie von Alex Dale/photonica
Herstellung: Das Herstellungsbüro, Hamburg
Satz: Greiner & Reichel, Köln
Gesetzt aus der Sabon und der Frutiger
Druck und Bindung: Clausen & Bosse, Leck
Printed in Germany

ISBN 3-434-53092-4

Informationen zu unseren Verlagsprogrammen
finden Sie im Internet unter
www.europaeische-verlagsanstalt.de
bzw. www.rotbuch.de

INHALT

ULTIMA RATIO

1

Am Morgen des siebzehnten November 1997 beschloß Professor Penelope Kura die Auslöschung des Philosophischen Instituts der Freien Universität Berlin.

Der Gedanke war einfach, plausibel und konsistent, war unmißverständlich und sparsam formuliert, kurz: Er besaß alle Merkmale eines guten philosophischen Gedankens. Darüber hinaus besaß er eine Eigenschaft, an der es guten philosophischen Gedanken im allgemeinen mangelte: motivierende Kraft.

Penelope Kura spürte, wie ihr Körper unter dem plötzlich ausgeschütteten Adrenalin zu vibrieren begann. Ihr Herz stampfte. Ihre Hände scharrten auf dem Federbett. Wie lange war es her, daß sie eine solche Erregung verspürt hatte. Eine Erregung durch den Gedanken. Die Königin aller Erregungen.

Ohne es zu merken, war sie aufgestanden. Der Gedanke trieb sie vor sich her wie ein gefangenes Tier. Sieben Schritte hin. Drehung. Sieben Schritte zurück. Ausgelöscht waren die dumpfen Lehrstuhljahre, in denen ihr Halbschlaf keine Geistesblitze, sondern nur mehr Tiefschlaf geboren hatte. Sieben Schritte. Sieben Schritte. Alles war wie früher, als sie noch nicht in die akademische Falle getappt war. Blind folgten ihre Füße dem ausgetretenen Sinnierpfad im Teppichboden.

Penelope Kura atmete die Stille und Dunkelheit, die sie umgaben. Mochte die Eule der Minerva ihren Flug mit der Dämmerung beginnen – Penelope Kuras Geist erhob sich erst in absoluter Finsternis. Deshalb hatte sie die Wände dieses Raumes schalldicht isolieren und alle Fenster zumauern lassen. Und heute, am Morgen des siebzehnten November 1997, vier Jahre nach ihrer Antrittsvorlesung, fünf Monate vor ihrem siebenunddreißigsten Geburtstag – noch immer durfte sie sich *jüngste Philosophieprofessorin der deutschsprachigen Welt* nennen – war ihr Heiligtum endlich wieder seiner Bestimmung zugeführt worden: Der Schlafbunker diente der Konzentration.

Penelope Kura blieb stehen und lauschte. Irgendwo in ihrem Innern, von Blutrauschen, Herzstampfen und Brustflattern fast gänzlich überlagert, vernahm sie noch etwas anderes: ein Stimmchen, ein wohlvertrautes Stimmchen. Die Professorin lächelte. Der Aufruhr der Körpersäfte hatte die Moralphilosophin mitgeweckt. Zwar klang sie noch vorsichtig und ein wenig heiser, doch es bestand kein Zweifel: Die Stimme, die früher mit ihr – bevor sie von ihr ans Katheder geliefert worden war – nächtelang hitzig gestritten hatte, rührte sich wieder. Penelope Kura hielt die Luft an, um besser zu verstehen.

»Dein Gedanke ist gut«, wisperte die Stimme, »aber ist er auch *gut*?«

»Was meinst du mit *gut*? Inwiefern *gut*? Erkläre dich«, hakte Penelope Kura nach, bevor es sich die Stimme anders überlegte. Sie hatte plötzlich wieder Lust auf das alte philosophische Spiel, Begriffe so lange hin- und zurückzureichen, bis ihre Prägung einer restlos glatten Oberfläche gewichen war.

»Stell dich nicht dümmer als du bist«, gab die Stimme ungeduldig zurück, »du weißt schon – moralisch gut, absolut gut, gut schlechthin.«

»Ach so«, sagte Penelope Kura und überlegte kurz. »Nach welcher Methode hättest du's denn gern geprüft?« Ein Hauch von Boshaftigkeit lag in ihrer Stimme.

»Kant«, flüsterte die Moralphilosophin leise, aber entschlossen. Penelope Kura lachte. Natürlich. Ein feste Burg ist unser Kant. Wer sonst in diesen hirnerweichten Zeiten.

»Welche Formel des Kategorischen Imperativs sollen wir nehmen, eins, eins a, zwei, drei, drei a«, fragte Penelope Kura, ihrer Herausfordererin die Wahl der Waffen überlassend.

»Egal«, erwiderte die Stimme siegesgewiß.

»Also gut.« Penelope Kura brachte sich in Position. *»En garde!«*

»HandlenurnachderjenigenMaximevonderduzugleichwollenkannstdaßsieeinallgemeinesGesetzwerde«, rasselte die Moralphilosophin herunter, bevor die Gegnerin Zeit hatte, sich zu räuspern. In dem geräuschlosen Raum entstand eine perfekte Stille.

»Na los, was ist«, stichelte die Stimme, »verteidige dich und deine Maxime!«

»Kann wollen«, parierte Kura knapp.

»Was soll das heißen?«

Die Professorin spürte, wie ihr autopädagogischer Eros nachzulassen begann. »*Kann wollen* soll heißen, daß ich wollen kann, daß meine Maxime ein allgemeines Gesetz werde.«

»Kannst du eben nicht«, krähte die Stimme triumphal. »Kannst du eben nicht! Ein solcher Wille würde sich selbst widersprechen!«

»Schön, daß du deinen Kant so brav gelernt hast«, sagte Penelope Kura, »aber denk doch in Zukunft bitte dreißig Sekunden nach, bevor du mir irgendwelche Königsberger Kamellen ins Gesicht spuckst. – Hier widerspricht sich gar nichts. Und am allerwenigsten mein Wille.«

Dem Stimmchen entwich ein hohler Schmerzenslaut. »Ist es etwa kein Widerspruch, Philosophin sein zu wollen und gleichzeitig Philosophische Institute auslöschen zu wollen«, vermochte es noch zu fragen, dann schwanden ihm die Sinne.

»Nein, nicht der geringste Widerspruch«, sagte Penelope Kura lächelnd und stieß ihr moralphilosophisches Selbst in die ewige Hölle der Inkonsistenzen, Kontradiktionen und ausgeschlossenen Dritten.

»Frau Kollegin, entschuldigen Sie, wenn ich Sie unterbreche, aber ich kann hier nicht länger schweigend zuhören.« Professor Friedrich Warburg stieß zitternd die Luft aus. »Es ist ein absoluter Skandal, was in diesem Papier steht. Ein Abbau von vier weiteren Professuren bis zum Jahr 2007! Unser neuer Strukturplan sieht doch ohnehin nur noch das Skelett eines Lehrkörpers vor. Wie können wir denn da vier weitere Stellen kürzen!« Die weißen Haare standen um Warburgs Kopf herum wie nach einem Elektroschock. »Wenn der Präsident dieser Universität wirklich meint, was er dort schreibt, dann soll er das Institut gleich schließen. Anstatt verschlüsselte Todesurteile mit der Hauspost zu verschikken.« Der Grandseigneur des deutschen Idealismus lehnte sich auf seinem ramponierten Holzstuhl zurück.

Regen prasselte gegen die gläserne Außenwand des Sitzungsraums. Ein bitteres Lächeln zog über Friedrich Warburgs Gesicht. Vor fünfzehn Jahren hatte er seinen samtgepolsterten Münchner Lehrstuhl verlassen und war nach Berlin, in die Stadt seiner zerbombten Kindheit zurückgekehrt, um das im postmarxistischen Brackwasser dümpelnde Institut ins offene Meer des Geistes hinauszunavigieren. *Berlin darf nicht untergehen*, hatte er damals gedacht. Und die Politik hatte ihm recht gegeben. Es war ihm sogar gelungen, als Berufungszusage ein neues Institutsgebäude auszuhandeln, und er selbst hatte das philosophische Bauwerk aus redlichem Waschbeton, subtilen Metallgeländern und luziden Glasflächen mit entworfen. Und nun?

Eine Windbö peitschte Wasser gegen die Scheiben. Friedrich Warburg lief es kalt den Rücken hinunter.

Im Sitzungssaal hatte sich weiträumiges Schweigen ausgebreitet. Die stellvertretende Direktorin, die in Abwesenheit Penelope Kuras den Institutsrat leiten mußte, blickte abwechselnd von dem präsidialen Schreiben zu ihren versammelten Kollegen. Der Antikespezialist schwieg gelassen, der Ästhetiker hintersinnig, der Sprachanalytiker deutlich, der letzte Alt-Marxist trotzig, der Logiker und Wissenschaftstheoretiker schwieg sachlich, und Kuras Assistentin schien zu schlafen. Ein Wille zur Wortmeldung war auf keiner der Mienen zu erkennen. Einzig Ludger Spieß, Warburgs Assistent, knetete seine Unterlippe, angestrengt überlegend, wie er den Gedanken apportieren konnte, den sein Dienstherr in den Raum geworfen hatte.

Wie in den vergangenen Sitzungen war es einmal mehr der Logiker, der mit seinem Räuspern die Institutsratlosigkeit beendete. »Ich möchte Warburg in seinen Befürchtungen hinsichtlich der Zukunft dieses Instituts nicht widersprechen«, sagte er, »ich denke, niemand in diesem Raum möchte dies – aber ich denke dennoch, daß wir uns hüten sollten, das Kind mit dem Bade auszuschütten. Nur weil wir uns an das Leben in fetten Zeiten gewöhnt haben, heißt das nicht, daß in mageren

Zeiten ein Philosophisches Institut nicht sinnvoll weitergeführt werden kann.«

»Magere Zeiten«, höhnte der Alt-Marxist, »Herr Kollege, vielleicht sollten Sie einmal die Frage stellen, woher diese mageren Zeiten kommen, bevor Sie sich über rationale Mangelverwaltung Gedanken machen.« Er lachte nasal. »Und auch zu Warburg kann ich nur sagen: Sie glauben doch nicht im Ernst, daß der Unipräsident noch die Kompetenz hat, Todesurteile zu fällen. Er hat vielleicht die Kompetenz, seinen Dienststempel drunterzusetzen. Aber gefällt werden diese Todesurteile doch woanders.«

»Ich glaube auch nicht, daß Friedrich Warburg sein Argument in dieser Weise verstanden haben wollte«, nutzte Ludger Spieß die Gunst der beginnenden Eskalation. »Bereits letztes Semester hat –«

»Herrschaften!« Der Logiker fuhr im ungehaltensten Proseminarton dazwischen. »Ich bin strikt dagegen, wieder eine dieser sinnlosen Grundsatzdebatten anzufangen. Ich plädiere dafür, daß Renate den Brief vom Präsidialamt zu Ende vorliest.«

Das beleidigte Schweigen der Debattierhähne und das zustimmende Gemurmel der restlichen Ratsmitglieder bewegten die Sitzungsleiterin, mit der Verkündigung der neusten Hiobszahlen fortzufahren.

Friedrich Warburg starrte durch die wasserverhangenen Fenster ins Leere. Ein Windhauch streifte seinen Rücken. Er drehte sich um und konnte gerade noch erkennen, wie Sophie Ackbach, Penelope Kuras Assistentin, den Sitzungsraum verließ. Sein Herz krampfte sich zusammen.

Weiterhin überlegen wir uns nicht die Ziele, sondern das, was zu den Zielen führt. Penelope Kuras Auslöschungsplan war in die Phase der praktischen Überlegung eingetreten. Sie mußte sich über das Wann, das Wo und das Wie ihres Vorhabens Klarheit verschaffen. *Denn der Überlegende geht forschend und analysierend vor, wie wenn er eine geometrische Figur konstruierte.* Stur folgten Penelope Kuras Füße dem Teppichpfad.

Über das Wo ihrer Handlung mußte sie nicht lange nachdenken, es ergab sich aus dem Ziel *Institutsauslöschung* beinahe von selbst, doch das Wie und das Wann verweigerten sich der einfachen analytischen Ableitung. Abstrakt gesehen wäre ein Bombenattentat die plausibelste Lösung, aber Penelope Kura hatte Zweifel, ob ein Bombenattentat auch tatsächlich *für sie*, wenn sie ihre konkreten Mittel und Möglichkeiten erwog, der richtige Weg war. Ein Brandanschlag wäre leichter zu bewerkstelligen, hatte jedoch den Nachteil, daß zu viele, die dazugehörten, sich würden retten können. Was sie zum nächsten Problem brachte, der Frage nach dem für die Auslöschung günstigsten Zeitpunkt. Selbst wenn der monströse Brutkasten Teil ihres Alptraums war, konnte es nicht ihr vorrangiges Ziel sein, das Instituts*gebäude* zu vernichten. Sie mußte ihre Aufmerksamkeit darauf richten, die Institutions*mitglieder* möglichst vollständig auszulöschen. Was wiederum bedeutete, daß sie einen Zeitpunkt wählen mußte, zu dem alle Institutsmitglieder möglichst vollständig versammelt waren. Und bei welchen Gelegenheiten waren alle Institutsmitglieder möglichst vollständig versammelt? Penelope Kura spürte, wie ihr Hirn auf Autopilot umschaltete.

Es hatte zu regnen aufgehört, und durch das große Fenster zum Institutsgarten fielen ein paar Sonnenstrahlen. Doktor Sophie Ackbach gähnte im Zehn-Sekunden-Takt. Während sie den letzten braun-gelben Kastanienblättern beim Fallen zusah, fragte sie sich, ob heute vielleicht doch nur der zweitschrecklichste Tag in ihrem Leben werden würde. Novemberliche Sonnenstrahlen in Berlin – sie war fast geneigt, es als Gottesbeweis gelten zu lassen.

Lustlos blätterte die Assistentin in dem zerfledderten Reclamheft, das vor ihr auf dem Schreibtisch lag. Die Bleistiftdichte, die in dem Text herrschte, nötigte ihr einigen Respekt vor ihrem früheren, präpromovierten Arbeitsethos ab. Allerdings hatte sie nicht die leiseste Ahnung, was ihr die winzig an den Rand gequetschten Anmerkungen sagen wollten.

Sie griff nach der Tasse, die auf dem Bücherstapel neben ihrem Schreibtisch stand, warf einen forschenden Blick hinein und dachte nach. Wenn sie sich recht erinnerte, stammte der Kaffeerest von letztem Freitag. Das hieß, der Schimmel hatte diesmal nur knappe drei Tage gebraucht, um sich zu einer blau-weiß-grünen Inselhochkultur zu entwickeln. Ein neuer Rekord. Sophie schwenkte die Tasse, bis das pelzige Atoll in der Brühe versunken war. Vielleicht sollte die Univerwaltung dieses merkwürdige Treibhaus den Botanikern oder Biochemikern als Versuchsgelände überlassen.

Sophie hatte gerade mit einem zarten Seitenrascheln begonnen, um ihre herumstreunenden Hirnzellen wieder zu John Stuart Mill und seinen Auslassungen über die Meinungsfreiheit zurückzulocken, als es an der Tür klopfte. Ein aufgebrachter Friedrich Warburg stürmte ins Zimmer.

»Sophie, hast du eine Idee, wo ich Penelope erreichen kann. Niemand in diesem ganzen verfluchten Institut scheint etwas von ihr gehört zu haben.«

»Hast du es schon bei ihr zu Hause probiert«, schlug Sophie im teilnahmslosen Tonfall der Philosophin vor, die signalisieren wollte, daß ihr Geist zur Zeit in ganz anderen Dimensionen weilte. Sie wandte sich selbst wieder dem Text und Warburg den Rücken zu.

»Selbstverständlich«, antwortete er gereizt, »aber dort geht immer nur diese gräßliche Maschine ran.« Er blickte auf die Assistentin wie Moses auf ein besonders ungezogenes Israelitenmädchen.

»Dann fürchte ich, kann ich dir auch nicht weiterhelfen.« Sophie zuckte schwach die Achseln. Sie stellte fest, daß die Mill-Lektüre unter den Augen ihres philosophischen Ziehvaters überraschend an Attraktivität gewann.

»Sophie, Sophie.« Friedrich Warburg schüttelte den Kopf. »Warum bist du nur immer so störrisch.« Der zürnende Moses hatte sich in einen traurigen Teddybär verwandelt.

»Ich bin nicht störrisch, aber dieser beschissene Institutsrat hat mir schon genug Zeit geraubt. In einer Stunde fängt mein Seminar an, und ich habe noch keinen Strich dafür getan.«

Der Teddy heftete seine Knopfaugen auf Sophies Rükken. »Dieser Vortrag von Wendelstein, morgen. Ich soll –« Er schnaufte herzkrank und setzte noch einmal an. »Ich soll die Einleitung machen. Aber ich kann nicht. Ich kann diesen Mann hier nicht willkommen heißen.«

»Und warum hast du ihn dann eingeladen?« erkundigte sich Sophie träge.

»Das weißt du ganz genau«, brauste Warburg auf, »ich habe ihn eingeladen, um dir einen Gefallen zu tun.« Er strich sich zitternd durch die Haare.

»Und dafür danke ich dir herzlich, aber würdest du mich jetzt, bitte, arbeiten lassen.«

Es gelang Friedrich Warburg, sich an der abgestorbenen Topfpflanze vorbei in Sophies Gesichtskreis zu schieben. »Sophie, so kann das nicht weitergehen.« Der nackte Stengel der ungegossen-ungeliebten Pflanze ragte wie eine überdimensionale Stimmgabel aus dem Hydrokulturtopf.

Friedrich Warburg zupfte gereizt an einer der beiden Zacken. »Und, Sophie, was ist das für eine Arbeitshaltung. Ich beobachte das schon seit längerem. Du nimmst deine Pflichten nicht mehr ernst. Als ich Assistent war, kam ich morgens ans Institut und war vorbereitet.«

Sophie zog scharf die Luft ein. Sie zwang sich, den alten Mann nicht anzuschauen. Seine Herzkranzgefäße hätten ihrem Blick nicht mehr standgehalten. »Wahrscheinlich warst du auch nicht die halbe Nacht damit beschäftigt, die Sauerei wegzuräumen, die ein versoffener alter Bock in deiner Wohnung angerichtet hat. Für den Fall, daß du dich nicht mehr erinnerst: Vor knapp zwölf Stunden hast du noch bei mir auf dem Teppich gehockt, mit Immanuels Katzenstreu rumgeworfen und dir deinen verdammten Philosophenfrust von der Seele gewichst.«

Penelope Kura mußte unwillkürlich lächeln, als sie die Nachricht auf ihrem Anrufbeantworter zum zweiten Mal abhörte. Da war er. Die ganze Zeit, während sie sich in ihrem Schlafbunker die Fersen heißgelaufen hatte, war er hier auf ihrem Anrufbeantworter gewesen. Der zweite Vordersatz des praktischen Syllogismus, der sie zum Wann ihrer Tat führen sollte.

Ihr Lächeln verdüsterte sich. Eigentlich hätte ihr dieser konkrete Termin selbst einfallen können. Hätte ihr einfallen müssen, nachdem sie den allgemeinen Zeitpunkt so klar bestimmt hatte. Es wurde höchste Zeit, daß sie zu ihrer alten Funktionalität zurückfand.

Sie ging ins Wohnzimmer zurück, um die Tasche zu

holen, in die sie vorhin bereits alles Nötige gepackt hatte. Während sie im Flur die Stiefel anzog, prüfte sie ein letztes Mal, ob sie nichts vergessen hatte. Sie wußte das Was, sie wußte das Wann, sie wußte das Wie. Sie war sich über alle Wege und Mittel, Risiken und Konsequenzen im klaren. – Sie hatte den äußersten Rand der Reflexion erreicht.

Die Aristotelische Handlungstheorie unerbittlich vollstreckend, nahm Penelope Kura den dunklen Kaschmirmantel von der Garderobe, griff nach den schwarzen Kalbslederhandschuhen, schulterte ihre Tasche und setzte die Sonnenbrille auf. *Wenn es sich aber als möglich erweist, beginnt man zu handeln.*

»Mensch, ja klar, Pragmatismus, hähä. Ich würd das anders nennen. Ne ganz widerliche Konformistenkacke ist das, was du uns hier erzählen willst.« Der zottelige Wortführer bedachte den Zweitsemester-Kommilitonen im ambitionierten Oxford-Blazer mit einem Blick, der noch nicht entschieden hatte, ob ihm der ideologische Delinquent überhaupt einen Funken Verachtung wert sein sollte. »Das, was die da durchziehen wollen, hat doch Methode, Mann. Die wollen die Geisteswissenschaften ausräuchern. Am liebsten nur noch Unis, die so nette kleine stromlinienförmige Jura- und BWL-Wichser produzieren. Weißt du, was ich hinter diesem ganzen Reformgefasel höre? Das Diktat der Wirtschaft, Mann, nix anderes. Kritische Uni – pfft.« Der Redner machte eine eindeutige Bewegung mit beiden Armen und gestrecktem Mittelfinger. Das studierwillige Zweitsemester machte sich kopfschüttelnd auf den Weg in die Bibliothek.

Angesichts des anhaltenden deutschen Bildungsausverkaufs hatte die Fachschaft Philosophie wieder einmal eine Instituts-Vollversammlung einberufen, was bedeutete, daß ungefähr dreißig StudentInnen in den schwarzen Hängesesseln oder auf dem Kokosteppichboden des Institutsfoyers hockten und heftig nachdachten.

»Streik«, rief eine im Revolutionsrausch zittrige Frauenstimme, »wir werden wieder streiken! So lange, bis diese Politbonzen endlich kapiert haben, daß sie das mit uns nicht machen können.«

»Nö, Hanna, Streik ist Scheiße, das hatten wir doch erst letztes Jahr«, nölte ein kahlrasierter Aktivist dazwischen. »Studistreik als Protestmittel – das kannste doch lutschen.«

»Aber nur, weil so ne Bazillen wie der sofort den Streikbrecher machen.« Die Revolutionärin stieß eine düstere Dreh-Tabak-Wolke aus.

»Leute, wir brauchen Ideen«, versuchte sich das organisierende Fachschaftsgirlie Gehör zu verschaffen. Sie knabberte an ihrem Kreidestück. »Also soll ich jetzt mal Streik aufschreiben? – Ich schreib jetzt mal Streik auf.« In bauchiger Schreibschrift malte sie das Wort an die Schultafel. Ihr Hängerkleidchen und die drei geflochtenen Rattenschwänze wippten eifrig mit.

»Wir brauchen was Spektakuläreres. Was, das weh tut«, beschied der Wortführer unheilvoll. »Irgendeine Aktion, die jeder Penner hier in dieser Schnarchstadt einfach mitkriegen *muß*. Und die außerdem denen da oben klar macht, daß unsere Geduld am Ende ist.«

»Wir besetzen die Siegessäule!«

»Warum nicht gleich den Fernsehturm!«

»Stürmt das *Kranzler*!«

»Hey, wir lassen die Nilpferde ausm Zoo frei. Und hängen denen so Schilder um mit *Studis 97 – wir haben die Schnauze voll.*« Heiterkeit schwappte durch das Foyer.

»Wir sperren die Habelschwerdter vorm Institut ab und lassen die Autoheinis nur durchfahren, wenn sie ne Mark Wegzoll löhnen. So als symbolische Aktion gegen Studiengebühren.« Die Heiterkeit brach sich zu echter Begeisterung.

»Hey, suuuuuuper«, johlte der Kahlgeschorene. »Das is mal ne geile Aktion, Mann, ultralässig.«

Penelope Kura gab Vollgas. Ihr Volvo schoß an einer polnischen LKW-Kolonne vorbei. Sie hatte einen der seltenen Punkte erreicht, an denen die A9 Berlin – München aufhörte, permanente Baustelle zu sein, und in etwas überging, das die Bezeichnung »Autobahn« halbwegs verdiente.

Wenn Penelope Kura es genau bedachte, regte sie die Tatsache, daß diese Strecke als Autobahn bezeichnet wurde, noch mehr auf als die Tatsache, daß sie eine einzige Baustelle war. Die allgemeine begriffliche Schlamperei hatte so gigantische Ausmaße angenommen, daß sie sich fragte, wie es dem sprachbegabten Teil der Menschheit überhaupt noch gelang, sich in dieser verbal zugewucherten Welt durchzuschlagen. Denn was konnte heimtückischer sein als ein Begriff, auf den man sich verließ, und der dann entweder gar nichts oder etwas ganz anderes bedeutete als das, was er versprochen hatte. Waren die klaren Bedeutungen aus dem Haus, tanzte die Sprache auf dem Tisch.

Und ihre eigene Disziplin, die Philosophie, hatte diesen Sprachtanz mit allen Mitteln gefördert, hatte ihre Institute zu regelrechten *Sprachtanzschulen* gemacht. Penelope Kuras Verdacht, die einzige Philosophin zu sein, die ihre Aufgabe darin sah, verbale Luftwurzeln auszurotten, anstatt neue zu schlingen oder in den alten Tarzan zu spielen, war ihr in den letzten Jahren zur Gewißheit geworden. Die Zeiten, in denen die Sprachverwilderung sie schlicht geärgert hatte, waren vorbei. Heute bereitete sie ihr echte physische Qual.

Und es gab nur einen Weg, diese Qual zu beenden. Den Weg, dessen erste Etappe sie mit einhundertachtzig Stundenkilometern verfolgte.

»Daß der moralische Eifer im Zuge fortschreitender Zivilisation weniger physisch sanktioniert, dafür strukturell sublimiert wirkt, daß das horizontal umgreifende und einschnürende soziale Stigma die vertikal pressierende und fokussierte Doktrin der politischen Autorität ersetzt und sich in ökonomische Mechanismen integriert, führt zur Nivellierung des Denkens und zur sozialen wie politischen Stagnation.«

Sophie Ackbach blickte unruhig auf ihre Armbanduhr. Zehn Sekunden würde sie dem Referenten noch geben. Zehn Sekunden. Die ersten Studenten begannen verstohlen zu kichern. Neun, acht, sieben ...

»Der Geist der Anpassung erstickt die Häresie. Die Ahndung der Abweichung –«

... drei, zwei, eins. Sophie Ackbach holte tief Luft. »Entschuldigen Sie«, sagte sie, »entschuldigen Sie, aber das geht so nicht.«

Der Referent blickte von seinem handbeschriebenen Zettelwust auf. »Wie«, fragte er verständnislos, »was geht nicht?«

Sophie bemühte sich, nur halb so aggressiv zu klingen, wie sie sich fühlte. »Dieses Referat geht nicht. Würde es Ihnen etwas ausmachen, Ihre eigenen Idiosynkrasien für den Moment zurückzustellen und erst einmal Mills Gedankengänge zu rekonstruieren?«

Aus dem studentischen Gekicher wurde offenes Gelächter.

Der höhersemestrige Referent verschränkte die Arme vor der Brust. »Was solln das. Ich red die ganze Zeit über *Mills Gedankengänge.*«

»Tut mir leid, aber das ist mir bislang nicht aufgefallen.«

Halb betreten, halb entzückt verfolgten die restlichen Seminarteilnehmer das Duell. Mit einem Blick, der im günstigsten Fall *Schnepfe!* sagen wollte, begann der Referent erneut aus seinen Papieren vorzutragen. »Die Ahndung der Abweichung erfolgt nicht mehr verzögert –«

»Ich fürchte, Sie haben mich nicht ganz verstanden«, schnitt ihm Sophie das Wort ab, »*dieses* Referat werden Sie hier nicht weiterhalten. Entweder Sie fangen jetzt an, in vollständigen deutschen Sätzen zu erklären, was in diesem Kapitel steht, oder ich werde es selber tun.«

»Soll das heißen, Sie wollen mir das Reden verbieten?« Der Referent gluckste ungläubig.

»Ich verbiete Ihnen gar nichts, ich fordere Sie nur auf, so zu reden, daß außer Ihnen noch jemand anders was verstehen kann. Die Veranstaltung hier ist nämlich keine Übung in Privatsprachen, sondern ein philosophisches Proseminar. Und dessen profane Aufgabe ist es, gemeinsam den Sinn eines Textes zu erschließen. Habe ich mich klar ausgedrückt?« Sie blickte den Studenten eisig an.

»Also, das darf doch nicht wahr sein. Hey, wir sind ne Freie Universität, oder hab ich da was nich kapiert? – Zensur ist das. Ganz üble Zensur, die Sie hier ausüben.« Hektische Flecken färbten den Hals des Studenten rot.

»Hören Sie, ich werde mit Ihnen nicht weiterdiskutieren. Entweder Sie halten jetzt ein verständliches Referat, oder Sie halten den Mund.«

Der Referent riß seine Papiere vom Tisch, stopfte sie

in seinen Dritte-Welt-Beutel und stand auf. »Das werden Sie noch bereuen, das garantiere ich Ihnen. Das wird noch Folgen haben.«

»Ja, ja. Schon recht.« Sophie Ackbach rückte ihre vorhin eilig zusammengeschriebenen Notizen zurecht. Während sie mit monotoner Stimme begann, die verschiedenen Aspekte von Mills erstem Hauptargument im Kapitel über Gedankenfreiheit zu entfalten, stürmte der Student türknallend aus dem Raum.

Penelope Kura warf einen finsteren Blick in den Rückspiegel. Prinzipiell hatte sie nichts einzuwenden gegen Menschen, die eine freie Autobahn mit zweihundertzwanzig Stundenkilometern nutzten. Sie hatte allerdings etwas einzuwenden gegen Menschen, die einen mit zweihundertzwanzig Stundenkilometern, Blinker und Lichthupe von der linken Fahrbahn zu scheuchen versuchten, wenn dreihundert Meter weiter das Ende eines Staus in Sicht war. Penelope Kura trat heftig in die Bremse. Sie sah, wie ihr Verfolger, der soeben zum Rechtsüberholen angesetzt hatte, das gleiche tat.

Doch der Schwachsinn, von dem sich die Mitglieder einer anderen Spezies treiben ließen, beleidigte sie nicht persönlich. Was interessierte es sie, wenn ein flachstirniger homo erectus einen anderen flachstirnigen homo erectus in die Leitplanken schob. Das Haltbarkeitsdatum der Menschheit im allgemeinen war ohnehin schon lange abgelaufen. Persönlich beleidigte sie die Irrationalität, die unter denjenigen herrschte, die ihrer Bestimmung nach hätten rational sein müssen. Denn weshalb betrieb man Philosophie, wenn nicht aus Liebe zur Rationalität. Philosophie war entweder Rationalität oder ein gewaltiger Irrtum. Die akademische Philosophie hatte sich zu einem so gewaltigen Irrtum entwickelt, daß selbst mit Sprachrodung nichts mehr zu retten war. Denn paradoxerweise war es nicht das große Feld der Wirrköpfe, das der Philosophie den allerschlimmsten Schaden zufügte, sondern die wenigen Auserwählten, die noch klar zu denken und zu reden vermochten, aber dafür in ihrem Tun und Handeln von einer um so tieferen Irrationalität besessen waren. Sophie Ackbach war das beste Beispiel für diese fatale Kopf-Körper-Entkopplung. Ihr Intellekt war klar und scharf wie ein geschliffener Diamant, ihr Privatleben ein trübes Schlammloch. Kein semipotenter Philosoph, den sie nicht erst flach-, dann unter Qualen ab- und unter noch größeren Qualen schließlich doch wieder an ihr Herz gelegt hatte. Niemand schien sich mehr des klassischen Gedankens, daß ein rationaler Geist nur in einem rationalen Körper wohnen konnte, zu erinnern. Und so war es kein Wunder, daß im Laufe eines normalen akademischen Lebens auf die Verwahrlosung der Persönlichkeit die Verwahrlosung des Geistes folgte.

»Penelope, äh, ja, hier ist noch mal Friedrich – äh Warburg. Ich habe vorhin schon einmal bei dir angerufen – und äh – ja, ich wollte jetzt fragen, ob du schon irgend etwas in dieser – in dieser Angelegenheit – ähm, in der ich dich gebeten habe – äh, ob du schon etwas entschieden hast. Ich meine, du als Direktorin könntest doch ganz leicht – weil mir ist es wirklich unmöglich – persönliche Gründe verbieten es mir – und – nun ja – das – das habe ich ja vorhin schon alles gesagt.«

Friedrich Warburg legte den Telefonhörer zitternd und zornig zugleich auf die Gabel zurück. Er nahm einen kräftigen Schluck aus der Wodkaflasche, die er in seiner untersten Schreibtischschublade aufbewahrte. Zum zehnten Mal hatte er jetzt den Anrufbeantworter, diesen Zerberus des sogenannten Kommunikationszeitalters, am anderen Ende der Leitung gehabt. Er verabscheute jede Art von technischem Gerät, aber nichts fand er entwürdigender, als seine Worte einer Maschine anzuvertrauen. Nur dreimal in seinem Leben war er so verzweifelt gewesen, daß er es dennoch über sich gebracht hatte. Zwei von den drei Malen waren heute gewesen.

Das Klopfen an seiner Zimmertür wurde ungeduldiger. Friedrich Warburg zuckte unwillkürlich zusammen. Die Studenten hatten keine Geduld mehr. Keine Geduld und keinen Halt mehr. In seinen Seminaren saßen entweder ehrgeizige Dummköpfe, begabte Faulpelze oder reiche Koreanerkinder ohne Deutschkenntnisse. Von Tag zu Tag spürte er deutlicher, daß er zu alt wurde für das akademische Geschäft, und seitdem letztes Jahr eine Studentin, deren Hausarbeit zu benoten er sich geweigert hatte, mit einem Messer auf ihn losgegangen war, trieb ihm jedes Sprechstunden-Türklopfen den Angstschweiß auf die Stirn.

Doch der Niedergang der deutschen Universitäten und seine eigene Unfähigkeit, diesem Untergang noch etwas entgegenzusetzen, waren es nicht allein, die ihn immer regelmäßiger die unterste Schreibtischschublade ziehen ließen. Es war die Geschichte mit Sophie, die ihn im Innersten zerrieb. Nach einem Leben voll philosophischer Entbehrung, in dem die hochgeistigen Gedanken wie neidische Kuckucksküken alle anderen Regungen sogleich aus dem Nest geworfen hatten, hatte er im Alter von achtundfünfzig endlich die Liebe entdeckt. Und mehr als das. Mit Sophie glaubte er sie nicht nur entdeckt, sondern auch für immer gefunden zu haben. Die Anfangszeit mit ihr, als sie noch seine Studentin gewesen war, hatte seine Vorstellung von dem Leben, das gänzlich verpaßt zu haben er eines Tages gefürchtet hatte, weit übertroffen. Wenn er mit ihr zusammen war, hatte er stets das Gefühl, zum ersten Mal *das Leben selbst* zu erfahren. Sein Alter, die Tatsachen, daß er ein berühmter deutscher Philosoph war, daß er ihr Lehrer war, spielten keine Rolle mehr. Bei ihr hatte er sich als Mensch fühlen dürfen. Als Mensch und Mann.

Friedrich Warburg nahm einen tiefen Schluck aus der Flasche.

Dann hatten die langen, schwarzen Zeiten der Folter begonnen. Sie hatte ihm Schmerzen zugefügt, die sie ihm nie hätte zufügen dürfen – ihm, dem vollkommen Wehr- und Schutzlosen, der keine Erfahrungen mit der Liebe und also keine Hornhaut auf dem Herzen hatte. Ohne jeden Grund hatte sie angefangen, ihn mit anderen zu betrügen. Mit jedem Milchbart, der sich wichtig nahm, mit jedem aufgeblasenen Gedankensimulator, sogar mit Ludger Spieß, seinem eigenen Assistenten, hatte sie es getan, und jedesmal, wenn er sie zur Rede stellte, lachte sie bloß. Er hatte sich ein doppeltes Forschungsfreisemester genehmigt, war nach England gegangen, um Abstand zu gewinnen, hatte versucht, in sein altes Gelehrtenleben zurückzufinden, das ihm auf einmal doch nicht mehr so karg und unbefriedigend erschienen war. Doch sämtliche Versuche waren gescheitert. Die junge Geliebte hatte seine Gedanken nicht freigelassen. Und die Philosophie, die alte Geliebte, die er so leichtfertig verstoßen hatte, war trotz aller Geistesanstrengungen nicht zu ihm zurückgekehrt.

Schweren Herzens erhob sich der alte Mann vom Schreibtisch und wechselte hinüber zu der verschlissenen Sesselgruppe, um sich seiner Sprechstunde zu stellen.

Penelope Kura klopfte auf ihrem Lenkrad nervöse Synkopen. Sie hatte bei Nürnberg die A9 verlassen, war über die A6 und A7 zügig bis nach Memmingen gelangt und war nun auf dem nicht ausgebauten Stück der A96 hinter einem Sonntagsfahrer gefangen, der sich im Wochentag geirrt hatte. Bis St. Gallen war es nicht mehr weit, höchstens neunzig Kilometer, aber sie hatte noch die zähen Vorarlberger Ortsdurchfahrten vor sich. Penelope Kura warf einen Blick auf die Uhr am Armaturenbrett. Sechzehn Uhr siebenundvierzig.

Sie atmete tief ein, blinkte einmal kurz und zog ihren Volvo trotz bevorstehender Kurve und absoluten Überholverbots auf die linke Fahrbahn. Sie war sich im klaren darüber, daß ihr Manöver, isoliert betrachtet, unvernünftig und schwer zu rechtfertigen erscheinen mußte. Aber sie hatte keine Wahl. Sie konnte nicht zulassen, daß sich ein verwirrter Schleicher zwischen sie und die Institutsauslöschung schob.

Außerdem sagte ihr eine sophistische Intuition, daß sie mit dem Glück rechnen durfte. Daß sie mit dem Glück rechnen durfte, wenn sie nur konsequent genug nicht mit ihm rechnete. Denn das Glück war ein Ablehnungs-Süchtling und warf sich stets denen an den Hals, die nichts von ihm wissen wollten.

Noch tiefer aus- als vorhin einatmend lenkte Penelope Kura den Wagen auf die rechte Spur zurück. Kein Auto. Kein Fahrrad. Kein Hirsch. Ihr Zwischenziel war wieder in realistische Nähe gerückt. Einhändig blind kramte sie aus ihrer Handtasche den Schweizer Paß heraus und legte ihn griffbereit neben sich.

Sophie biß in das Brötchen. Es hatte die Konsistenz von Schaumstoff und schmeckte nach nichts. Die Tomatenscheibe, die von der Cafeteria-Kaltmamsell dazwischengepackt worden war, hatte lepröse Flecken. Sophie legte das Brötchen zu den anderen Essensresten, die sich gemeinsam mit dreckigem Plastikgeschirr auf dem Tisch türmten.

»Hast du den neuen Aufsatz von Eisenfeldt in *Ratio* gelesen? Ganz schwach, sage ich dir, ganz schwach.«

»Was«, fragte Sophie abwesend. Sie starrte auf die weiße Kunststoffgabel, die sich wie ein Schaufelrad zwischen zwei Stück Käsekuchen und dem Mund von Ludger Spieß hin- und herbewegte.

»Reconstructing the Absolute« Die Gabel grub sich in den Käsekuchen. »Eisenfeldt versucht, seine alte Leib-Seele-Theorie zu plausibilisieren.« Die Gabel kippte ihre Ladung in den aufgesperrten Freßschacht. »Dabei zeigt sich erst richtig, wie dünn das Ganze ist.« Zwei dicht geschlossene Zahnreihen zermalmten die steife Masse zu Brei, und die Gabel lud erneut auf.

Sophie schüttelte sich. Die Art, in der ihr ehemaliger Bettkollege den Käsekuchen konsumierte, erinnerte sie an Dinge, an die sie lieber nicht erinnert wurde.

»Ich habe heute einen Studi aus meinem Seminar rausgeworfen«, sagte sie mit rauher Stimme.

»So.« Ludger Spieß blickte kurz von seinem Käsekuchen auf. »Will er Ärger machen?«

»Kann sein.« Sophie nippte an ihrem Kaffee.

»Ich bin immer dafür, bei Querulanten hart durchzugreifen«, kaute er. »Es gibt hier schließlich mehr als genug, bei denen sie stundenlang faseln können.«

»Eigentlich ist er ja von selbst gegangen.«

»Dann brauchst du dir sowieso keine Gedanken zu machen.« Ludger Spieß klang ein wenig enttäuscht. Er kratzte mit seiner Gabel auf dem leeren Papierteller herum. »Gehst du morgen zu dem Vortrag?«

Sophie schaute ihn mißtrauisch an. »Sicher.«

»Dieser Mann ist so ein peinlicher Dünnbrettbohrer.« Ludger Spieß wischte sich lachend über den Mund. Zwei größere Käsekuchenkrümel fielen auf seinen Schoß und blieben unbeachtet liegen. »Das letzte Mal habe ich ihn auf diesem Adorno-Benjamin-Kongreß in Princeton gehört. *The Art of Salvation.*« Er senkte die Mundwinkel voller Verachtung und Selbstrespekt. »Ich habe ihn ganz schön in die Mangel genommen.«

»So«, sagte Sophie.

»Das dürfte morgen abend ziemlich lustig werden. Ich glaube nicht, daß bei unserem – na ja«, die Mundwinkel des Assistenten senkten sich noch tiefer, »bißchen härteren Diskussionsstil hier vom großen Karl Wendelstein viel übrigbleiben wird.«

Penelope Kura legte den Kopf in den Nacken und schrie. In Augenblicken wie diesem tat es ihr unendlich leid, daß es keinen Gott gab, den sie verfluchen konnte. Eine schwache Sekunde lang überlegte sie, wenigstens den Sanggaller Waffenhändler zu verfluchen, der – obgleich sie ihn vor ihrer Abfahrt angerufen und ihm gesagt hatte, er solle in jedem Fall auf sie warten – seine Rollgitter um Punkt achtzehn Uhr heruntergelassen hatte. Weiß und dampfend stieg ihr Atem in den kalten Nachthimmel. Penelope Kura biß die Zähne aufeinander und rüttelte ein letztes Mal an dem Gitter.

Sie hatte lange nicht mehr gehandelt. Zwar war es ihr selbst in den finstersten Zeiten ihres akademischen Winterschlafs gelungen, sich fast täglich an die Universität zu schleppen, Seminare abzuhalten, Hausarbeiten zu korrigieren und Gremiensitzungen durchzustehen, hin und wieder hatte sie sogar eingekauft, etwas gegessen oder ihren Wagen in die Werkstatt gefahren – aber eine Handlung im vollen philosophischen Sinne des Begriffs hatte sie lange nicht mehr vollbracht. So lange, daß sie vergessen hatte, daß der gerade Weg von praktischer Überlegung, Handlungsvorsatz, zielstrebigem Verfolgen der Zwischenschritte bis hin zur eigentlichen Tat von zwei falsch geschalteten austriakischen Ampeln und einem eidgenössischen Pünktlichkeitsfetischisten empfindlich gekreuzt werden konnte. Sie wollte ihren Kollegenhaufen nicht entschuldigen, aber sie sah jetzt in aller Deutlichkeit, daß es immer nur einige wenige geben würde, die der Herausforderung, in einer Welt wie dieser rational zu bleiben, standhalten konnten.

Es hatte zu schneien begonnen. Penelope Kura schlug den Mantelkragen hoch und ging einige Schritte auf und ab.

Wenn sie tief einatmete, glaubte sie den Bodensee riechen zu können. Seit fünfzehn Jahren hatte sie ihrer Heimat keinen Besuch mehr abgestattet. Mit zwanzig war sie aus der Tälerenge geflohen, um den freien Geist zu suchen. Wieso sie damals geglaubt hatte, ihn ausgerechnet in der Mauerenge Berlins zu finden, vermochte sie heute nicht mehr zu sagen.

Berlin war kein Hort der Freiheit, Berlin war eine Ungezieferfalle. Hunderttausende krochen jährlich wie Kakerlaken in die Stadt hinein und kamen nie wieder heraus.

In der ersten Zeit hatte sie noch die Kraft gehabt, an akademischen Butterfahrten wie Kongressen, internationalen Symposien und Gastdozenturen teilzunehmen. Doch seit mindestens drei Jahren hatte sie sich zu keinem Ausbruchsversuch mehr aufraffen können. Berlin verströmte ein Nervengift, das süchtig machte.

Penelope Kura schloß die Augen. Es wunderte sie, daß sie in der Novemberdunkelheit nicht fror. In Berlin war ihr das ganze Jahr über kalt. Vielleicht sollte sie einfach hierbleiben. Kündigen, alles vergessen und zurück an den Zürisee oder ins Engadin ziehen. In ein Haus mit Kachelofen. Und Kühen. Die Frage nach dem Lebenssinn an einem vorgezogenen Lebensabend entschlummern lassen.

Sie strich durch den Schnee, der sich auf einem Mauersims gesammelt hatte. Ihre ersten Versuche, einen Schneeball zu formen, scheiterten. Sie mußte lachen. Eine ungelenke Kugel zerstob am Rollgitter vor dem Waffengeschäft. Sie war verrückt. Seit zehn Stunden hatte sie ein Ziel vor Augen. Hatte sie ein Ziel, das sie erreichen *mußte*. Hatte sie den Gipfel des Menschseins erreicht.

Penelope Kura klopfte sich den Schnee vom Mantel. Noch war ihr Plan nicht gescheitert. Morgen in gottloser Frühe, wenn der Alpenfirn sich rötete und die freien Schweizer beteten, würde sie wiederkommen.

Der Wachmann zog die Mütze tiefer ins Gesicht und beschleunigte seinen Schritt. Berlingemäß hatte es just in dem Moment, in dem er seinen warmen trockenen Posten im Zentralgebäude der Freien Universität, der *Silberlaube*, verlassen hatte, wieder stärker zu regnen begonnen. Er haßte diesen allwerknächtlichen Gang zum Philosophischen Institut, zu dem ihn die Universitätsleitung verdonnert hatte, nachdem im letzten Sommer Junkies sämtliche Institutscomputer abgeräumt und die Philosophen sich als unfähig erwiesen hatten, ihr eigenes Haus ordentlich zu verschließen. Schon von weitem konnte er sehen, daß auch heute wieder mindestens einer der Herren Professoren vergessen hatte, in seinem Arbeitszimmer das Licht auszumachen.

Der Wachmann spuckte aus. Bei Regen erinnerte ihn das Gebäude noch mehr an ein Aquarium. In dem unwahrscheinlichen Fall, daß ihn jemals einer fragen sollte, was Philosophen für Leute seien, würde er antworten: Solche, die in einem trockenen Aquarium hocken und dem Wasser draußen zuschauen.

Mit fünf großen Schritten legte er die flachen Stufen zum Eingang zurück. Er hatte die gläsernen Flügeltüren noch nicht geöffnet, als ihm der vertraute Philosophengestank in die Nase kroch. Die langen Jahre im Dienste der universitären Sicherheit hatten ihn zu einem Profi in Sachen universitäre Ausdünstungen werden lassen. Wenn er nachts durch die weitläufigen Gänge der *Silberlaube* strich, konnte er allein am Geruch erkennen, in welchem Institutsbereich er sich gerade aufhielt. Bei den Historikern roch es nach nassem Hund, Moder und türkischem Tabak, bei den Germanisten nach Haarspray, Leichtzigaretten und *Hugo Woman*. Trotz seines akademisch verfeinerten Riechers war es ihm bislang nicht gelungen, das Geheimnis des Philosophengestanks zu lüften.

Der Wachmann blieb im Foyer stehen. Er schnupperte. Es kam ihm so vor, als ob es heute nacht anders stinken würde als sonst. Ein frischer, akuter Gestank. Und wenn er sich nicht irrte, kannte er die Duftmarke.

Er ging um den polierten Granittisch herum, auf dem die schmutzigen Tassen des Studentencafés standen.

Unter der Wendeltreppe zur Galerie lag sein kleiner Lieblingspenner. In fast allen Ecken und Winkeln der *Silberlaube* hatte er ihn schon aufgestöbert, aber hier hatte er ihn noch nie gefunden. Mit den Uni-Pennern war es wie mit den Tauben vor der Gedächtniskirche. Man klatschte in die Hände, scheuchte sie auf und sah ohnmächtig mit an, wie sie sich zwanzig Meter weiter erneut niederließen.

Der Wachmann stieß das zusammengerollte Bündel

mit seiner Schuhspitze an. »Sportsfreund, Feierabend«, sagte er laut.

Der Angetippte zeigte keinerlei Reaktion. Aus der Tatsache, daß seine rechte Schulter sich in regelmäßigen Abständen vor- und zurückbewegte, schloß der Wachmann jedoch, daß er nicht schlief.

Er trat etwas heftiger zu. »Ey, Kumpel, ick versteh ja, daß de hier nich raus willst – aber ick muß dichtmachen.«

»Dichtmachen«, echote der Penner. Er setzte sich umständlich auf. Zwei übereinandergestülpte Baseballkappen, deren Schirme wie Flügel rechts und links von seinem Kopf abstanden, waren die einzigen Schnörkel, die er seiner Silhouette zugefügt hatte.

»Ick weeß, ick weeß«, seufzte der Wachmann, »det is überhaupt nich nett, dir jetz inne Regen und Kälte da rauszuhetzen, aber wat soll ick machen. Der Laden hier jehört nu mal den Herrn Philosophen. Und die ham letzten Sommer beschlossen, dasse sone Typen wie dir hier nich mehr ham wolln.«

Der Penner brach in ein heiseres Kichern aus. »Philosophen«, schnaufte er, »Philosophen!«

Der Wachmann war kein schlechter Mensch, aber er war eben Wachmann. Das Geschnaufe und die heimlichen Armbewegungen des Penners machten ihn nervös. Mit drei entschiedenen Schritten umrundete er die vornübergebeugte Gestalt.

Der Penner stieß ein hohes Quietschen aus und rubbelte schneller an dem dünnen Hautwurm, der aus seiner offenen Hose hing.

Der Wachmann stemmte den Arm in die Seite. »Also nee, wat solln det nu werden, wenns fertig is.«

»Schieß die Sophie in den Wind«, johlte der Penner, »mach dir Sophie selber. Mehr Sophie als die Philosophies machen.«

Mit einer letzten Anstrengung gelang es ihm, einige Tropfen auf den rechten Schuh des Wachmanns zu entladen.

2

Der Mann hinter dem Tresen öffnete einen weiteren schaumstoffausgekleideten Alukoffer. Mit einer Art Vaterstolz fuhr er sich über den Schnurrbart. »Und do hett i no öppis sehr Schös Bruuchts. Än MP Füf-A-Drü, Kaliber Nü Millimeter Para.«

Penelope Kura legte die Beretta, die ihr der Mann zuvor in die Hand gedrückt hatte, auf den Ladentisch zurück. »Herr Bürgi, Sie sind der Waffenspezialist, nicht ich. Können Sie mir nicht einfach sagen, welches von diesen Geräten hier am effektivsten ist?« Wahrscheinlich hätte es die Angelegenheit extrem vereinfacht, wenn sie Schwyzerdütsch gesprochen hätte, aber sie brachte es nicht über sich, in die tiefe Kehle ihrer Kindheitssprache zurückzukrabbeln.

»Jo, Madame, da hangät doch ganz dävo ab, was Sie mit ärä söttigä Maschinäpischtolä machä wönd, oder?«

Penelope Kura setzte an, ihm mit Aristoteles zu erklären, daß jedes Ding sein *ergon*, seinen ihm eigentümlichen Zweck hatte, und daß der Fachmann exakt und objektiv bestimmen konnte, ob ein Ding sein *ergon* schlecht, mäßig oder vorzüglich erfüllte, und daß das *ergon* einer Maschinenpistole wohl kaum in etwas anderem liegen konnte, als einen möglichst langen, möglichst dichten Dauerkugelhagel zu produzieren. Aber wie sollte sie einem Sanggaller Waffenhändler diesen Gedanken nahebringen, wenn nicht einmal ihre Studenten ihn begriffen.

»Wil, gsehnd Sie, Madame, es git Chundä, Sammlär, diä wönd ihri Waffä nu dähai i d' Vitrine stellä«, erklärte der Waffenhändler, als ob er die Gedanken der Philosophin erraten hätte, »und es git Chundä, diä wönd im Schüüßchällär schüüßä, jo, und dänn git's no ganz andäri Chundä, oder, Madame?«

Friedrich Warburg blinzelte verstört um sich. *Wieso hatte sein Bett kein Fußende mehr? Wieso hatte er sich in Anzug und Schuhen schlafen gelegt? Wieso waren seinem Bett rechts und links Armlehnen gewachsen? Und wieso stand sein Institutsschreibtisch in seinem Schlafzimmer?* Sein Blick streifte die leere Flasche, die neben ihm auf dem Boden lag.

Der alte Mann schloß die Augen. *Sein Bett hatte kein Fußende mehr, weil es nicht sein Bett war. Sein Bett hatte Armlehnen, weil es kein Bett, sondern ein Sessel war. Er trug noch Anzug und Schuhe, weil er sich überhaupt nicht schlafen gelegt hatte, sondern gestern abend im Sitzen eingeschlafen war. Und seinen Institutsschreibtisch konnte er sehen, weil er nicht in seinem Schlafzimmer, sondern in seinem Institutszimmer saß.*

Eine Träne rollte über Friedrich Warburgs linke Wange. Er war müde. Seine Gedanken standen kopf. Er war es nicht gewohnt, den Dingen ins hämische Auge zu schauen. Sein Leben lang hatte er sich in Theoriegebäuden bewegt, die ihn gegen die kalte Wirklichkeit der Tatsachen geschützt hatten.

Er liebte Sophie. Und Sophie liebte ihn. Ich ist Ich.

Ein Schluchzen erschütterte die Brust des alten Mannes. Er hätte seine Welt der seligen Systeme nie verlassen dürfen. Er hätte wissen müssen, daß ein Denker wie er der Empirie nicht gewachsen war. Ein Denker wie er konnte an Tatsachen nur zugrunde gehen.

Penelope Kura ließ die Beretta sinken. Zum ersten Mal in ihrem Leben fühlte sie sich geneigt, mit Adorno *Ist das denn alles?* zu fragen. Der vielbeschworene Rückstoß kam ihr im Verhältnis zum Gewicht der Waffe enttäuschend gering vor. Noch mehr enttäuschte sie allerdings, daß nur ein einziger Schuß die muffige Stille des Schießkellers durchzuckt hatte. Sie nahm ihren Gehörschutz ab und drehte sich zu dem Waffenhändler um, der unmittelbar hinter ihr stand.

»Achtung, Madame«, ermahnte er sie, »diä Waffä isch nöd gsicharät und Sie händ no nünäzwanzg Schuß im Magazin.« Er nahm ihr die Beretta mit einer Behutsamkeit aus der Hand, die keine Hebamme einer Frühgeburt hätte angedeihen lassen. »Fuchtläd Sie niä mit ärä gladänä Waffä uma.«

»Herr Bürgi«, sagte Penelope Kura gereizt, »ich denke, das ist eine Maschinenpistole, und eine Maschinenpistole schießt Dauerfeuer.«

Der Händler winkte lachend ab. »Jo, Madame, so eifach isch da nöd. Gsehnd Sie, do i dä Schwiiz dörfäd Sie nu typäprüäfti MPs värchaufä.«

»Typäprüäfti.« Penelope Kura lüpfte skeptisch die linke Hälfte ihrer Oberlippe.

»Gsehnd Sie, üsi MPs sind alli Halbautomatä«, fuhr er gutgelaunt fort. »Än Vollautomat dörf i i mim Gschäft überhaupt nöd värchaufä. Än Vollautomat chömäd Sie nu übär, wenn Sie än äntsprächändi Kantonali Sammlärbewilligung händ.«

Penelope Kura blickte ihn finster an.

»Gsehnd Sie«, er neigte die Beretta seitlich zu ihr hin, »dä Hebel do hät drü Stelligä: Gsichärät – Halbautomatik – Vollautomatik. Seriefüür git's nu, wenn dä Hebel bi Vollautomatik stoht. Jetzt gsehnd Sie dä Metallstift do? Dä värhindärät, daß dä Hebel uf Vollautomatik umglait wärdä chann. – Und wenn dä Hebel nöd uf Vollautomatik umglait wärdä chann, dänn chann's au kei Seriefüür gee, oder«, folgerte er mit einer Stringenz, die Penelope Kura unter anderen Umständen gelobt hätte.

Sie unterzog die Apparatur einer genaueren Prüfung. »Kann man diesen Stift nicht einfach entfernen«, fragte sie schließlich.

»Jo, da chönnd Sie scho, Madame.« Ein blendendweißes Lächeln zerteilte die Sonnenstudiobräune des Waffenhändlers. »Aber nöd i mim Chällär. Diä MP wär dänn nämlich nümä legal.«

»Karl, was redest du da für einen Unsinn. Selbstverständlich hole ich dich vom Flughafen ab.« Sophie Ackbach zupfte an der verhedderten Telefonstrippe. »Ach so, du kommst erst mit der Maschine um kurz nach sechs. – Na ja, dann ist es um so klarer, daß ich dich abhole.« Sie bohrte ihren Zeigefinger durch zwei besonders geschundene Kabelwindungen. »Wie oft hast du diesen Vortrag schon gehalten? Zwanzigmal? Fünfundzwanzigmal? Dreißigmal? Du willst mir doch nicht im Ernst weismachen, daß du dich noch vorbereitest.« Sie lachte spöttisch. »Eben. Genau das meine ich. – Also dann um fünf nach sechs in Tegel. Ich freu mich.«

Sophie Ackbach befreite ihren Finger aus der Telefonschnur und legte den Hörer langsam auf die Gabel zurück. Sie würde Karl Wendelstein heute das vierte Mal treffen. Vielleicht war das bereits ein Mal zuviel. Männer waren wie Kaugummi. Nur ein Genuß, wenn man sie rechtzeitig ausspuckte.

Von ihrem Schreibtisch konnte sie sehen, daß im Zimmer Friedrich Warburgs Licht brannte. Sie lächelte schwach.

Nur ein Genuß, wenn man nicht eines Tages wieder in sie hineintrat und sie fortan am Absatz kleben hatte.

»Guten Tag. Kann ich bitte Ihren Ausweis sehen.«

Mit einem Lächeln, wie sie es bei amerikanischen Provinzkellnerinnen gesehen hatte, reichte Penelope Kura ihren Paß durch das heruntergelassene Fenster. Sie konnte sich nicht erinnern, den Anblick des hellroten Heftchens mit dem Schweizerkreuz jemals so erhebend gefunden zu haben. Ein warmes Gefühl der Dankbarkeit stieg in ihr auf, Dankbarkeit gegenüber dem Vaterland, das seinen Bürgerinnen und Bürgern Maschinenpistolen frei über den Ladentisch verkaufte. Nicht einmal den sogenannten »Waffenerwerbsschein« hatte sie benötigt. *Für Waffä, wo Sie nöd verdeckt trägä chönd, bruchäd Sie au kein Waffäärwärbsschii, oder*, hatte Herr Bürgi ihr erklärt.

Penelope Kura spürte, wie sich ihre Gesichtsmuskeln zu verkrampfen begannen. Der Blick des Zollbeamten wanderte immer noch zwischen ihr und ihrem schwarzweißen Konterfei hin und her. Das Foto war keine drei Jahre alt. Sie verstand nicht, was es so lange zu prüfen gab. Der Beamte beugte sich zu ihr hinab. Ein Schweißtropfen löste sich in Penelope Kuras Genick.

»Haben Sie etwas zu verzollen, Tabak, Spirituosen?«

»Nein. Keine Zigaretten. Keinen Alkohol«, erwiderte Penelope Kura ruhig. Die Fingerknöchel ihrer ums Lenkrad geballten Fäuste standen weiß hervor. Für sich selbst und für den Zollbeamten hoffte sie, daß er nicht auf den Gedanken kam, unter den Kaschmirmantel schauen zu wollen, der sorgfältig längsgefaltet auf der Rückbank lag. Für den Zollbeamten, weil sie ihn dann erschießen mußte. Für sich, weil es angesichts der deutschen Straßen- und Polizeidichte höchst unwahrscheinlich war, mit einem toten Zollbeamten im Rücken die knapp 800 km bis Berlin zu schaffen. Deutschland war ein schlechtes Land, wenn es darum ging, Blutspuren im Alleingang zu legen.

Der Beamte klappte den Paß zu und gab ihn ihr zurück. »Auf Wiedersehen. Ich wünsche Ihnen eine gute Fahrt.«

Penelope Kura nickte freundlich. Sie würde eine gute Fahrt haben. Die beste ihres Lebens.

* * *

Höher entwickelte Säugetiere neigten dazu, nach dem Beischlaf tiefer Traurigkeit zu verfallen. Philosophische Säugetiere neigten dazu, bereits während des Beischlafs depressiv zu werden.

Sophie Ackbach wischte sich eine Haarsträhne aus dem verschwitzten Gesicht. Wenn sie richtig mitgezählt hatte, hatten es Karl Wendelstein und sie in den letzten sechzig Minuten auf fünf Orgasmen gebracht. Was bedeutete, daß sie mit einem Orgasmus Vorsprung führte, was wiederum bedeutete, daß er sein Bestes gab, um den Ausgleichstreffer zu erzielen. Und trotzdem fühlte sie sich hundeelend.

Ihr Hintern und ihre Knie hatten sich auf dem rauhen Institutsteppich wundgescheuert. Doch das allein konnte ihre Depression kaum verursacht haben. Komplexere Konzepte waren im Spiel. Sie hatte den Sex zum *casus probandi* ihrer philosophischen Grundüberzeugung, daß es für jedes metaphysische Problem eine pragmatische Lösung gab, erwählt. Vielleicht quälte sie der Verdacht, daß die Gleichung *Sex = interpersonale Präzisionsgymnastik mit (reziproker) Orgasmusorientierung*, deren Richtigkeit zu beweisen sie sich seit Monaten quer durch die Wissenschaftsgemeinde vögelte, letzten Endes doch ungenügend war. Vielleicht ließ sich dem Sex die Metaphysik nicht restlos austurnen.

Sophie Ackbach pfiff den Gedanken zurück. Was war sie für eine schwache Philosophin, wenn sie die erstbeste Gegenevidenz ihrer Hypothese sofort an die Gurgel gehen ließ.

Sie schleuderte ihre Haare aus dem Gesicht und dirigierte Karl Wendelsteins Hände zielstrebig zu ihren Brustwarzen, den empfindlichsten Erregungsreglern des menschlichen Körpers. Es war Punkt acht. Dank akademischem Viertel blieben der postmetaphysischen Hochstimmung noch zehn Minuten Zeit.

Es war kalt geworden im Auto, trotzdem verspürte Penelope Kura keinen Drang, das Fenster zu schließen. Es gefiel ihr, wie der Fahrtwind ihre Haare zerwühlte. Noch nie war sie schneller als zweihundert Stundenkilometer gefahren. Ein Versäumnis. Der schwarze Brandenburger Wald flog rechts und links an ihr vorbei. Die Reifen ihres Volvos ratterten gleichmäßig über die Nähte der Autobahnplatten, begleitet vom synkopischen Klopfen der Schlaglöcher.

Penelope Kura bekam Lust zu singen. Sie stellte das Radio an und lauschte ... *and it seems to me that you lived your life like a candle in the wind* ... Irgendwo hatte sie das Lied in der letzten Zeit schon einmal gehört. Ein Popsong – oder wie immer die Leute das nannten. Sie wechselte den Sender. Sie empfand es als Fortschritt, daß die Suchknöpfe der neuen Radios nicht mehr zum Drehen, sondern zum Drücken waren ... *verpiß dich, ich weiß genau, du vermißt mich* ... Ein deutscher Schlager, der ihr gleichfalls nichts sagte.

Mit wachsender Ungeduld drückte ihr Finger den

Knopf ... *why 's it so hard ... like to movin' ... every woman ... scharfes Schwert ... let the sun go down on me* ... Kein Sender spielte ein Lied, das sie mitsingen konnte. Immer schneller rasten die Musikfetzen an ihr vorbei ... *hope ... nicht ... for ... a ... you ... why* ... Die Tachonadel kletterte über die Zweihundertzwanzig hinaus. Mit einer groben Knopfdrehung brachte Penelope Kura das Radio zum Schweigen.

Sie blickte stur auf die Straße. Die Mittelstreifen verschwammen zu einer endlosen weißen Linie. Zu einer endlosen weißen Linie, an deren Ende das Ende vom Ende vom Ende vom EnEnEnEnEn...

Eine Kilometertafel rückte ins Scheinwerferlicht. Berlin 79. Penelope Kura schüttelte sich. Sie schloß das Wagenfenster. Sie fror.

Die Radiostationen waren unschuldig. Sie spielten kein Lied, das sie mitsingen konnte, weil es auf der ganzen Welt kein einziges Lied gab, das sie hätte mitsingen können.

»Sehr geehrte Damen und Herren! Liebe Kolleginnen und Kollegen! Liebe Studentinnen und Studenten! Ich nehme an, unser heutiger Vortragsgast ist für Sie alle kein Unbekannter, und es genügt daher, wenn ich Ihnen Karl Wendelstein in einigen knappen Sätzen vorstelle.«

Friedrich Warburg wischte sich mit seinem alten Stofftaschentuch die Stirn. Die Luft in dem überfüllten Seminarraum stand. Unzählige Gesichter drängten sich aneinander, glotzten ihn an, jede Sekunde bereit, sich hohnlachend auf ihn zu stürzen und ihn zu zerreißen.

»Karl Wendelstein wurde 1961 in Bielefeld geboren. Er studierte Philosophie, vergleichende Literaturwissenschaft und Politologie an den Universitäten Freiburg und Heidelberg. Nach dem Magisterabschluß 1985 folgten längere Auslandsaufenthalte in Paris und Yale.«

Friedrich Warburg bewegte die Lippen, ohne zu hören, was er sagte. Die Schriftzeichen auf seinem Notizzettel verflossen zu einem grauen Schleier. Um zwölf nach acht hatte er Sophie mit Karl Wendelstein aus ihrem Zimmer kommen sehen. Derangiert. Verschwitzt. Animalisch. Ohne ihn anzuschauen war sie an ihm vorbei in den Seminarraum geeilt.

»Von den zahlreichen Publikationen Karl Wendelsteins möchte ich nur zwei namentlich hervorheben, die Dissertation, 1989 unter dem Titel *Wahn und Eigentlichkeit – ein Beitrag zur geistesgeschichtlichen Ätiologie existenzphilosophischer Konzepte des Selbstseins* veröffentlicht, und die Habilitationsschrift von 1993 *Das Schimmeln der Revolte – Studien zum ästhetischen Verfall des Widerstandes.*«

Friedrich Warburg griff nach einem der beiden Wassergläser, die halb gefüllt auf dem Rednertisch standen. Ihm war übel. Der Raum drehte sich. Ein schwerer, süßlicher Geruch war in seine Nase gestiegen. Ein vertrauter Geruch. Ein Geruch, in dem sein ganzes vergangenes Glück aufblitzte.

Er haftete dem Mann an, der neben ihm saß und gelangweilt sein taubenblaues Blazerrevers streichelte.

Die Leuchtziffern am Armaturenbrett flimmerten. Zwanzig Uhr dreiundzwanzig. Penelope Kura preßte die Lippen aufeinander. Sie hatte den Berliner Ring erreicht. Die Autobahn, die ganz Berlin umschloß. Die Strecke, auf der man bis ans Ende aller Tage fahren konnte. Die Strecke, die zahlreiche Ausfahrten bot. In tausend Metern lockte Ferch.

Penelope Kura schrak zusammen. Ein Polizeiwagen

hatte unmittelbar hinter ihr sein Martinshorn angeworfen. Vom Licht der starken Scheinwerfer geblendet, blinzelte sie in den Rückspiegel. Der Wagen setzte zum Überholen an. Zentimeterweise arbeitete sich der weißgrüne Opel an ihr vorbei. Penelope Kura schlug die Augen nieder. Sie wagte nicht nach links zu schielen. Schamesröte war der Frauen schönste Zier. Sie schwor, nie wieder auch nur eine einzige Sekunde in ihrem Entschluß zu wanken, wenn dieser Polizeiwagen sie unbehelligt ließ. Der Wagen zeigte ihr seine Rücklichter. Sonst nichts. Sie schaute den zwei roten Flecken nach, bis sie hinter einer Kurve verschwunden waren. Erst jetzt merkte sie, wie sehr ihre Knie zitterten.

In einer Dreiviertelstunde würde sie vor dem Institut stehen. In einer Dreiviertelstunde würden die Köpfe des Betriebs noch in knirschender Runde beieinandersitzen. In einer Dreiviertelstunde würde sie ihre Beretta vom Rücksitz holen.

Mit beiden Händen glättete Karl Wendelstein die obligatorische Klatsch- und Klopfwoge, die sein Aufstehen begleitet hatte. »Meine Damen und Herren! Ich freue mich sehr, daß Sie mich nach Berlin eingeladen und mir so die Chance gegeben haben, heute abend hier vor Ihnen zu sprechen.« Er machte eine Vierteldrehung zu Friedrich Warburg hin, der zusammengesunken neben ihm saß. »Und bei Friedrich Warburg möchte ich mich natürlich ganz besonders für seine freundlich einleitenden Worte bedanken.«

Ohne aufzublicken nahm der alte Mann die Hand vom Mund und winkte mürrisch ab.

Karl Wendelstein drehte sich schwungvoll in seine Rednerpose zurück. »Wie angekündigt lautet der Titel meines Vortrags *Philosophie der Erlösung – Erlösung der Philosophie*. Und auch auf die Gefahr hin, daß ich Ihnen altmodisch erscheine: Ich verspreche Ihnen, daß der Titel auch das Thema sein wird.« Hier und dort erklangen einige akademisch hingehüstelte Lacher.

Sophie Ackbach lehnte den Kopf an die Fensterscheibe und schloß die Augen. Ihre koitale Depression war nackter Verzweiflung gewichen. Da sich aufgrund der ehelichen Verstrickungen Karl Wendelsteins ihre Begegnungen stets im Rahmen seiner Vortragsreisen abgespielt hatten, kam sie heute zum dritten Mal in den Genuß seiner Erlösungsrhapsodie. Vor vier Wochen, in Konstanz, hatte sie den Vortrag geschwänzt. Und sich anschließend im Hotelzimmer einen dreistündigen Ersatzvortrag über die rationalistisch verklemmte Borniertheit der analytischen Philosophie anhören müssen. Sollte Sex doch irgendwie Sünde sein, leistete sie hiermit zehnfach Buße.

»Lange Zeit schien Erlösung als möglicher oder gar notwendiger Gegenstand philosophischer Reflexion obsolet geworden zu sein. So wie die Moderne alles, dem der Ruch des Transmundanen anhaftete, aus ihrem steinernen Tempel verbannt hatte, war auch der Erlösungsgedanke ihrem blinden Ostrazismus anheimgefallen. Doch heute, wo die Moderne an ihrer eigenen Ruchlosigkeit zu ersticken droht, ist es dringlicher geworden denn je, die Erlösung in den Reigen der philosophischen Fundamentalthemen zurückzuholen.«

Sophie ließ ihren müden Blick durch den Raum schweifen. Ungewöhnlich viele Studenten waren heute abend da. Die Erlösungsfrage mußte einen studentischen Nerv treffen. An der gegenüberliegenden Wand entdeckte sie den Studenten, der gestern aus ihrem Seminar gerannt war. Mit tiefer Miene starrte er unter sich.

Dank des jüngsten Institutsratsbeschlusses, die Professorenschaft bei wichtigen Gastauftritten zwangszuordinieren, war dieselbe einigermaßen vollzählig erschienen. Den mimisch Begabteren gelang es, ihr Desinteresse hinter der Maske intellektueller Skepsis zu verbergen.

Ansonsten hatten sich die zwanzig üblichen Bulimiker versammelt, die wahllos jeden Vortrag am Institut in sich hineinschlangen, um die halbverdauten Gedankenbrocken beim anschließenden Kneipengang wieder auszukotzen.

Ganz vorn, an seinem Stammplatz neben dem Rednertisch, saß Ludger Spieß. Sein angestrengtes Profil verriet, daß er bereits heftig mit der Frage beschäftigt war, welches Bauklötzchen er aus Karl Wendelsteins Burg herausziehen mußte, um sie komplett zum Einsturz zu bringen.

»*Erkenntnis hat kein Licht, als das von der Erlösung her auf die Welt scheint*. Wenn dieser frappierende Gedanke Adornos wahr ist, dann hat sich die Philosophie in ihrer vielgerühmten kritischen Blütezeit selbst ins Dunkel gerückt.«

Sophie zuckte zusammen. Der Penner mit der doppelten Baseballkappe, treuster Zögling der Alma mater in ihrer Eigenschaft als Tagesmutter, hatte sich mit munterem *hoppla* auf den kaputten Stuhl neben ihr fallen gelassen. Sophie drehte den Kopf zur Seite. Seitdem sie in dieser Institution arbeitete, waren sie und ihre Nase in der hohen Kunst des Ignorierens geübt. Sie schloß abermals die Augen. Vielleicht gelang es ihr, ein wenig zu schlafen.

»Mann, laß uns vom Acker schieben. Mir is kalt. Um die Uhrzeit kommt hier in diesem Döskiez eh keine Sau mehr vorbei.« Der Student rieb sich die angefrorene Glatze.

»Sag doch gleich, daß du noch zu dem Vortrag von diesem Schleimfurz gehen willst. Wenn dir so n Gelaber wichtiger is als politische Aktion –«

Der Kahlgeschorene blickte seinen gepiercten Mitstraßenblockierer abfällig an. »Quatsch, Mann.« Er trat ein paarmal auf der Stelle. »Außerdem is der Vortrag eh gleich rum.«

Vom Frontposten ertönte der schrille Pfiff der Chefaktivistin.

»Hey, Leute, in Stellung. Fette Karosse im Anmarsch!«

Das Fachschaftsgirlie sprang auf die Fahrradspur und schwenkte wild ihre Warnblinklampe, um den dunkelgrauen Volvo, der soeben von der Thielallee in die Habelschwerdter eingebogen war, zum Bremsen zu animieren. Unmittelbar vor dem breiten Plastikband, das ihre beiden männlichen Aktionsgenossen quer über die Straße gespannt hatten, kam der Wagen zum Stillstand. Lautlos senkte sich das Fahrerfenster.

Der Kahlgeschorene beugte sich hinab. »Ach, guten Abend, Sie sinds, Frau Kura. – Spät dran.«

Penelope Kuras Wangenknochen traten hervor, als wollten sie die Gesichtshaut durchstechen. »Was soll das hier«, herrschte sie den Studenten an.

»Äh ja, wie Sie ja bestimmt wissen, will der Senat ab dem nächsten Semester Studiengebühren einführen. Und – also wir finden das total willkürlich, und um das zu demonstrieren, haben wir jetzt beschlossen, von jedem, der am Institut vorbeifährt, ne Mark Wegzoll zu kassieren. So als symbolische Protestaktion«, ergänzte er unsicher.

Penelope Kuras Züge entspannten sich. »Wirklich eine originelle Idee.«

»Ich weiß jetzt aber gar nich, ob das mit dem Wegzoll auch für Institutsmitglieder gelten soll«, fuhr der Kahlgeschorene aufgeräumt fort. Er wandte sich in Richtung Chefaktivistin. »Hanna«, rief er, »sag mal, kassieren wir den Wegzoll auch bei Profs?«

»Ist schon in Ordnung. Ich zahle Ihnen Ihre Mark.« Penelope Kura schenkte dem Studenten ein schmales Lächeln. »Warten Sie, ich muß nur meinen Geldbeutel aus der Manteltasche holen.« Mit leisem Klicken öffnete sich ihr Sicherheitsgurt. Ohne Eile drehte sie sich zu der Rückbank um, auf der ihr sorgfältig längsgefalteter Kaschmirmantel lag.

Im Seminarraum war ein Moment unbeholfenen Schweigens eingetreten. Alles lauschte den Geräuschen nach, die wie ein verirrter Donnerhall die Abendstille zerrissen hatten. Serielle Fehlzündung, Jüngstes Gericht oder kollektive Einbildung? Karl Wendelstein rieb unbehaglich an seinen Manuskriptblättern.

»Ratatatatatatata ... die Russen kommen!« Der Penner mit den Flügelkappen sprang von seinem Stuhl und ließ sich auf den Boden fallen. Die forscheren Gemüter im Auditorium wagten zu lachen.

Karl Wendelstein nutzte den Entspannungsmoment, um sich zu räuspern. »Ja, vielleicht akzeptieren wir fürs erste die Erklärung des Kommilitonen, und ich fahre mit meinem abschließenden Resümee fort.«

»Kommilitone ratatatatatatata«, brüllte der Penner, angestachelt von seinem Lacherfolg. »Kommilitant! Kommilitonne!«

Karl Wendelstein lächelte säuerlich in seine Richtung. »Ich denke, wir alle haben Ihren Punkt verstanden. Ich wäre Ihnen dankbar, wenn Sie mich nun meinen Punkt zu Ende bringen ließen.«

»Punkt, Punkt, Komma, Strich, fertig ist das Mondgesicht«, summte der Penner und kletterte auf seinen Platz zurück.

Penelope Kura stellte den Motor ab. Sie schaute argwöhnisch zum Institut. Das Foyer war hell erleuchtet. Und leer. Alles schien friedlich zu sein. Dennoch war es unklug gewesen, den vier Studenten ein ganzes Magazin zu opfern.

Penelope Kura stieg aus dem Wagen, zog Mantel und Handschuhe an und stopfte die vier vollen Wechselmagazine, die ihr noch geblieben waren, in die rechte Manteltasche. Zum Schluß nahm sie die frisch geladene Beretta vom Beifahrersitz. Gemessen schritt sie die Stufen zum Institut hinauf.

Karl Wendelstein verneigte sich vor der höflich applaudierenden Mehrheit. Die Eingeweihten hatten ihren Blick bereits Ludger Spieß zugewandt, fest darauf bauend, daß er sein Gewohnheitsrecht der ersten Frage auch heute abend nutzen werde. Mehrere Studenten, die das Gehörte lieber ohne professorale Aufsicht diskutieren wollten, packten ihre Jacken und Taschen. Tuschelnd zogen sie foyerwärts.

Friedrich Warburg versuchte den Notizzettel glattzustreichen, den die linke Faust während seiner mentalen Abwesenheit in den vergangenen fünfzig Minuten zu einer kompakten Kugel zusammengeknüllt hatte. *Und jetzt den Kugelschreiber*, soufflierte ihm eine Stimme aus seinem verdunkelten Hirnkasten, *alle schauen auf dich, du mußt jetzt deinen Kugelschreiber zücken.*

Der Schweiß rann Friedrich Warburg von der Stirn. Zitternd versenkte er seine Rechte in der ausgebeulten Jackettasche.

»Die Diskussion ist eröffnet«, sagte er heiser. »Ich bitte um Wortmeldungen.«

»Ah, Frau Professor Kura, gut, daß ich Sie treffe!« Ein unbekannter Student kam Penelope Kura mit flatternden Haaren entgegen. »Ich muß mich bei Ihnen beschweren. Ihre Assistentin, Frau Ackbach, hat gestern –«

Sie zögerte eine Sekunde, ob sie sich noch anhören sollte, was Frau Ackbach gestern getan hatte, dann entschied sie, daß es ohnehin keine Rolle mehr spielte. Sie drückte zweimal ab.

Die nach Freiheit und Gerechtigkeit strebende Brust des Studenten bäumte sich auf. Ungläubig starrte er die Professorin an. Er ging in die Knie. Ein Blutschwall färbte den Kokosteppich rot.

Penelope Kura nickte zufrieden. Der Sinn der Halbautomatik begann ihr einzuleuchten. Wohldosierte Einzelschüsse für den kleinen Rahmen. Sparten Munition für das Dauerfeuer im größeren Rahmen.

Die Studenten, die gemeinsam mit dem Niedergeschossenen im Foyer herumgestanden hatten, spritzten wie Granatsplitter auseinander. Das Gekreisch, das nach kurzer Schockverzögerung ausgebrochen war, erschien Penelope Kura ohrenbetäubender als die Schüsse. Nur ein tapferes Studentlein eilte in die umgekehrte Richtung, seinem gefallenen Kommilitonen zu Hilfe.

Ungehindert legte Penelope Kura die letzten Meter zum Seminarraum zurück. Mit leisem Lächeln stellte sie die Beretta wieder auf Vollautomatik um.

Ludger Spieß sah aus, als wolle er an der Frage, die er sich bereits zu zwei Dritteln von der Zunge gezwirbelt hatte, ersticken. Karl Wendelstein hatte den Brillenbügel entzweigebissen, auf dem er während der rhetorischen Gegenattacke souverän herumgekaut hatte. Friedrich Warburg hielt seine Rechte in Herzenshöhe unter sein Jackett gepreßt. Sophie Ackbachs Gesichtsausdruck war zwischen Amüsement und Grauen erstarrt. Keiner der Anwesenden wagte zu atmen. Selbst der Penner mit den Flügelkappen schien zu spüren, daß die Stunde der letzten Wahrheit gekommen war.

Ernst und stumm stand Penelope Kura im erhöhten Eingang. Von der Waffe in ihrer Hand ging ein metallischer Schimmer aus, der den ganzen Raum erleuchtete. Ein Engel war aus seiner intelligiblen Welt in die akademischen Niederungen herabgestiegen, um die Irrationalen und die Willensschwachen, die Begriffsstutzigen und die Einfallslosen, die Verquasten und die Blasierten zu bestrafen. Und an diesem Tag würde der Engel sie nicht mehr mit Worten strafen, sondern mit Feuer und Blitz. Seine Zunge war heute so verschlossen, wie es ihre Ohren die ganzen Jahre über gewesen waren. Er hatte sie gewarnt, doch sie hatten den Namen der Philosophie weiter mißbraucht. *Misosophen* hätten sie sich nennen müssen, denn aus jedem ihrer Gedanken und jeder ihrer Reden hatte Weisheitsverachtung gesprochen. Jede ihrer Taten war ein Akt der Weisheitsbekämpfung gewesen. Und je tiefer sie sich mit ihren Händen und Füßen in den Schlamm gewühlt hatten, desto höher hatten sie ihre Hälse gereckt. Anstatt der kosmischen Zufallspaarung von Körper und Geist durch die Ausbildung eines durchgeistigten Körpers Sinn zu verleihen, hatten sie aus sich hybride Brontosaurier gemacht, deren Hirne immer weiter anschwollen, während sie unterhalb des Kehlkopfes immer weniger zu sagen hatten. Anstatt den Kampf gegen die geistlose Wirklichkeit aufzunehmen, hatten sie den Weg der geringsten Mimikry gewählt. Sie hatten sich in ihre Schädelhöhlen verkrochen, damit ihre Leiber der allgemeinen Willkür um so ungestörter frönen konnten.

Der Engel senkte und hob seine Lider. Ein letztes Mal blickte er in die todgeweihte Runde. Und mußte blinzeln. Ihm gegenüber, am Kopfende des Raums, hatte sich ein zweiter Engel erhoben. Ein grauer Engel mit einer kleinkalibrigen Faustfeuerwaffe. Mit einer kleinkalibrigen Faustfeuerwaffe, die er ihm nun entgegenstreckte.

Ein kurzer Schuß pfiff durch den Raum.

Penelope Kura faßte sich erstaunt an die Stirn. Ein winziger runder Krater hatte sich geöffnet. Etwas Warmes, Rotes floß ihr in die Augen. Sie spürte, wie die Beretta ihren Händen entglitt. Mit stummem Wutschrei ging sie zu Boden.

Friedrich Warburg ließ die Pistole fallen. »Nein«, schrie er, »nein«, und entfesselte damit die aufgestaute Panik. Stühle und Tische stürzten, ausgetrocknete Kehlen kreischten, wie sie im Leben noch nie gekreischt hatten, Philosophen durchdrangen Fensterscheiben, Fensterscheiben durchdrangen Philosophen, mit aller Macht des Faktischen drängte die Meute zum Ausgang.

Sophie Ackbach sprang von ihrem Stuhl, boxte sich zum Rednertisch durch, stieß den nach wie vor katatonischen Ludger Spieß und den hysterisch kichernden Karl Wendelstein beiseite und warf sich Friedrich Warburg an die Brust.

Der alte Mann schluchzte und stammelte. »Ich wollte doch – doch nicht Penelope – warum hat sie bloß – ich wollte mich – ich wollte diesen Menschen – mein Gott – Sophie, ich wollte dich –«

»Schschsch«, die junge Frau strich ihm beruhigend

über den Kopf, »schschsch, es wird alles wieder gut.« Sie barg das zitternde Greisenhaupt an ihrem Busen.

Penelope Kura schloß die Augen. »Irrational«, flüsterte sie leise, »vollkommen irrational.«

DIE ÜBERWINDUNG

Frau Dorn schreibt einen offenen Brief an »Hannibal the Cannibal«

Sehr geehrter Doktor Lecter!

Viele Menschen hierzulande haben etwas gegen Sie. Das wird Sie nicht wundern. Wahrscheinlich wird es Ihnen gleichgültig sein. Vielleicht wird es Sie ein kleines bißchen lächeln lassen.

Die Menschen, die hierzulande etwas gegen Sie haben, behaupten, sie hätten etwas gegen Sie, weil Sie gefährlich – nein, genauer gesagt: *gefährdend* sind. *Gefährlich* könnten Sie ja nur sein, wenn Sie sich wirklich durch unsere Reihen äßen. Aber für *gefährdend* kann man auch einen halten, der von der Leinwand oder zwei Buchdeckeln gewissermaßen maulkorbisiert ist.

Immer, wenn die Menschen etwas für *gefährdend* halten, halten sie es in erster Linie für *jugendgefährdend.* Und in der Tat: Ihr Rat: Kinder, probiert öfter mal was Neues! – hätte Gefahr in deutsche Erziehungsstuben tragen können. Nicht auszudenken der Verrohungsschub, wenn unsere Jugend durch Sie auf den Hirngeschmack gekommen und in der Folge – anstatt sich weiter auf den Schulhöfen die Eingeweide blutig zu treten – ans Lobotomisieren gegangen wäre.

Doch obwohl die Menschen, die hierzulande etwas gegen Sie haben, die Gefahr der Gefährdung erfolgreich von unserer Jugend abgewendet haben, sind sie immer noch nicht restlos beruhigt. Denn die Jugend ist ja nicht das einzige, was gefährdbar ist. Was ist mit all den anderen Verwirrten, Verirrten und sonstwie Gestörten, die hierzulande herumlaufen? Könnte ja sein, daß Sie den Recklinghausener Tiefkühlkostfahrer, der schon immer heimlich davon geträumt hat, einer seiner Kundinnen das Ohr wegzubeißen, dazu inspirieren, es eines schönen Mittwoch vormittags tatsächlich zu tun. Schade, daß es – analog zum Führerschein für Kampfhundhalter – noch keinen Führerschein für Kinogänger gibt: Schlitz- und Hirnschnitzfilme nur noch für die mit bestandenem Psychotest.

Vielleicht würde das die beunruhigten Menschen hierzulande dann wirklich beruhigen. Vielleicht aber auch nicht. Denn die Beunruhigung, die von Ihnen ausgeht, sitzt tiefer.

Es ist nicht Ihre Vorliebe für Menschenfleisch allein, die manchem hierzulande schlaflose Gremiensitzungen bereitet. Sondern es ist Ihre Vorliebe für Menschenfleisch in Kombination mit Ihrer Vorliebe für Musik, Kunst, Literatur, teuer geschnittene Anzüge, delikate Umgangsformen und noch delikateres Essen – also Ihre Vorliebe für alles, was uns Abendländern lieb und teuer ist. In höchster Formvollendung führen Sie den Beunruhigten vor, daß Grausamkeit der 1970er Château Pétrus ist, der zu diesem Abendland und seiner Zivilisation gereicht gehört. Ihre Brillanz und Gnadenlosigkeit lassen den christlich geprägten Humanismus, den die Beunruhigten ausschenken wollen, bestenfalls als Liebfrauenmilch erscheinen.

Entgegen der öffentlichen Geräusche beunruhigen Sie nicht, weil Sie »sinnlos« morden. Ganz im Gegenteil. Sie morden nicht nur mit Sinn: schlimmer noch: Sie morden mit Verstand. Und Prinzip. Bei Ihnen kommt erst die Moral. Und dann das Fressen. Sie bestrafen die Habgierigen, Verlogenen, Häßlichen, Unhöflichen, Feigen, Geschmacklosen, Tumben – kurz: alle charakterlichen, ästhetischen und intellektuellen Mängelexemplare, die diese unsere Spezies hervorbringt. Oder noch kürzer: 99,99 Prozent der Menschheit.

Der Mensch ist etwas, das überwunden werden soll. Sie tun, wovon Nietzsche nur zu schreiben gewagt hat. Sie erschrecken die Beunruhigten nicht, weil Sie keine Moral haben. Sie erschrecken, weil Sie eine Moral der Vornehmheit, der Stärke haben. Der Mensch, der nicht beständig an seiner Überwindung: sprich: Perfektionierung arbeitet, rückt für Sie in die Nähe tierischen Futtermittels. Neu ist das nicht. Aber noch nie haben wir es mit solchem Charisma auf einer Leinwand gesehen.

Erstaunlich, daß noch keiner von den Beunruhigten auf die Idee gekommen ist, daß es gar nicht verpickelte Zehnt-Kläßler oder verwirrte Recklinghausener Tiefkühlkostfahrer sind, die durch Sie in Gefährdungsgefahr geraten könnten. Sondern viel eher die deutschen Dichter und Denker. Denn was wäre, wenn einer unserer Vorzeigepoeten durch Sie begreift, daß es von der Überwindung des Menschlich-Allzumenschlichen mit den Mitteln der Schrift zur Überwindung des Menschlich-Allzumenschlichen mit den Mitteln der Chirurgie nur ein kleiner und ziemlich konsequenter Schritt ist? Doch wahrscheinlich haben die Beunruhigten recht damit, daß sie diese Frage noch nicht als neuen Quell der Beunruhigung entdeckt haben. Denn deutsche Dichter und Denker gehen ja nicht ins Kino.

In diesem Sinne grüßt Sie hochachtungsvoll –

Ihre T. D.

VERSTRICKT

Seine Augen glänzten.

Mein Gott, Junge, dachte sie, reiß dich zusammen. Du bist keine zwölf mehr. Und Weihnachten ist auch nicht. Nur Geburtstag. Mein beschissener neunundzwanzigster Geburtstag. Wie eine stumme Drohung lag das flache, in rotes Geschenkpapier eingeschlagene Päckchen zwischen ihnen.

Seine Augen glänzten.

Sie mußte nicht in den Spiegel schauen, um zu wissen, daß ihre Augen nicht glänzten. So stumpf wie es in ihrem Innern aussah, wo hätte sie da Augapfelglanz hernehmen sollen. Und wenn nicht einmal der gewohnte weibliche Fassadenschwindel möglich war. Haarlack gab es. Glitterpuder. Nagelpolitur. Statt dessen hätte es ein Glanzspray für Augen geben sollen. Sie lächelte. Er tat ihr leid. Sie wußte, daß ein Unglück bevorstand. Wenn die Augen des Schenkenden stärker glänzten als die Augen der zu Beschenkenden, stand immer ein Unglück bevor.

Er bewegte sich schwerfällig in seinem Sessel und rückte das Sektglas, das vor ihm auf dem Couchtisch stand, drei Zentimeter nach vorn. In Richtung Päckchen.

Sie haßte ihn dafür, daß er hier in ihrem Wohnzimmer saß. Sie haßte sich dafür, daß sie ihn hierher in ihr Wohnzimmer eingeladen hatte. Sie haßte ihn dafür, daß er sie seit Jahren mit seiner unerwünschten Devotion verfolgte. Sie haßte sich dafür, daß sie ihm seit Jahren exakt in dem Tempo davonlief, das ihm gerade noch erlaubte, ihr hinterherzujapsen. Die Idiotie der Geschlechter war kongenial.

Sie stellte ihr Sektglas mit einem Knall auf dem Couchtisch ab. Geburtstage waren schlimmer als Todestage. An Geburtstagen verwandelte sich Alleinsein in Einsamkeit. Und Einsamkeit schuf Dummheit.

»Wenn du mein Geschenk lieber später aufmachen möchtest«, sagte er und zupfte an seinem Hemdsärmel.

Sie sagte nichts.

Er schwitzte unter ihrem kühlen Blick. »Ich wollte dir nur noch mal sagen, ich finde es sehr schön, daß du mich eingeladen hast. Wir haben ja schon lange nicht mehr richtig zusammengesessen.«

Mit einer mühsam beherrschten Geste griff sie nach dem Päckchen. Ihre Finger zitterten, als sie das geschlungene Goldband über die Ecken schob. Das Päckchen war leicht. Und weich. Diesmal kein Buch.

Er trank nervös von seinem Sekt.

An der Stelle, wo sie das Papier aufgerissen hatte, kam rotes, matt glänzendes Gewebe zum Vorschein. Sie begriff nicht. Topflappen. Es sah aus wie Topflappen.

»Selbstgestrickt«, sagte er in die eisige Stille hinein.

Sie entfernte das restliche Papier. Topflappen. Warum um alles in der Welt Topflappen? Und warum dreieckig? Und warum in zwei so merkwürdig unterschiedlichen Paarungen aneinandergenäht?

»Aus Seidengarn«, fügte er hinzu. »Eigentlich wollte ich es dir schon letztes Jahr schenken, aber dann fand ich es nicht gut genug und habe noch ein Jahr geübt.«

Sie ließ das Ensemble aus knappen roten Dreiecken in den Schoß gleiten. Fassungslos. Die Erkenntnis des

Schrecklichen kroch ihr langsam die Wirbelsäule hinauf.

»Ich dachte, du findest es gut, wenn ich dir ein Geschenk mache, was nicht so ein typisches Männergeschenk ist. Dachte ich.«

Der Erkenntnisschauer hatte ihr Hirn erreicht. Die dreieckigen, paarweise zusammengenähten Topflappen waren keine Topflappen. Sondern Reizwäsche. Er – er hatte es gewagt – er mit seinen schweißigen Fettfingern hatte es gewagt, sich zwei Jahre lang hinzusetzen und ihr rote Reizwäsche zu stricken. Irgend etwas in ihrem Kopf machte *knack*. Die Geburtstagskerzen, die noch schwach vor ihrem inneren Auge geflackert hatten, wurden von einem plötzlichen Windstoß ausgelöscht.

Als es wieder hell wurde, saß der Mann reglos in dem weißen Sessel. Die Zunge hing ihm seitlich aus dem Mund. Rot. So rot wie der Seidengarnstrick-BH, der seinen Hals umschnürte.

Verwundert starrte sie von den roten Striemen auf ihren Handflächen zu dem Mann im Sessel. Und wieder zurück. Sie mußte kichern. Aktuelle Herbstmorde, dachte sie. Und mußte lachen. Aktuelle Herbstmorde für den aktuellen Mann.

Sie glaubte immer noch zu lachen, als es längst andere Tränen waren, die ihr Gesicht hinunterflossen. Langsam entfernte sie das rote Strickwerk, das sich in seinen Hals eingeschnitten hatte, und strich es glatt. Die beiden Dreiecke hatten sich nur wenig verzogen. Ohne es zu merken, streifte sie die Bluse über den Kopf und wechselte den BH. Rot sticht weiß.

DIE PILOTIN

Frau Dorn versucht zu fliegen

Haben Sie eine Ahnung, wie es sich anfühlt, auf dieser Welt ein Mädchen zu sein?

Letzte Woche wollte ich fliegen. Nicht von einem Hochhausdach oder von einer Kirchturmspitze, oder wo die jungen deutschen Filmemacher ihre Helden und Heldinnen sonst so hinaufschicken, um sie den Satz »ich will fliegen« sagen zu lassen. Sondern einfach nur mit einem Airbus. Zu einem dringenden Geschäft nach Frankfurt. Doch wie jeder Bus braucht auch der Airbus einen Fahrer. Und der streikte, weil er sich irgendwie unterbezahlt fühlte. Ich rannte zu meinem Auto – alter Ford Mustang – zurück, das ich in einem der Wucher-Parkdecks stehengelassen hatte. In der festen Zuversicht, es nie wieder dort abzuholen.

Haben Sie eine Ahnung, wie es sich anfühlt, auf dieser Welt ein Mädchen zu sein?

Im Rennen fiel mir ein, daß ich als Spätkind auch mal hatte Pilotin werden wollen. Ich hatte sogar den unwahrscheinlichen ersten Schritt in die Realität getan und mir die Bewerbungsunterlagen von der Lufthansa kommen lassen. Interessierte Lektüre bis zum Paragraphen »physische Voraussetzungen«, Unterpunkt 3: Mindestkörpergröße 170 cm. Kann sein, daß ich mir damals noch die Mühe gemacht hatte, bei Lufthansa anzurufen. Ob ich förderhin Vertrauen in ein Unternehmen haben könne, das nicht in der Lage ist, Pilotensitze zu entwerfen, bei denen auch 165 cm kleine

Menschen an alle Steuerknüppel und Schaltknöpfe rankommen. Sicher ist, daß ich damals keine Antwort bekommen habe. Und daß heute niemand von mir erwarten würde, DM 17 für eine halbe Stunde Parken zu bezahlen, hätte Gott mich in seiner unergründlichen Güte ein wenig mehr auf die Streckbank gelegt. Wahrscheinlich brauchen Piloten eine bestimmte Körperspannweite. Um den Flieger aufzufangen, wenn er runtergeht. Ich warf den Lederkoffer, auf den mein Geschäftstermin am Frankfurter Flughafen wartete, auf den Beifahrersitz und trieb den Mustang durch die geschlossene Schranke – denn obwohl mich die Lufthansa für zu klein befunden hat, heißt das nicht, daß ich bereit bin, DM 17 für eine halbe Stunde Parken zu bezahlen.

Haben Sie eine Ahnung, wie es sich anfühlt, auf dieser Welt ein Mädchen zu sein?

Hinter mir begann eine Sirene zu jaulen. Auch so eins der Dinge, die ich nie begreifen werde. Wieso man sich in unserer modernen Zeit darauf geeinigt hat, Sirenen Sirenen zu nennen. Wunderschön sollen sie doch gesungen haben, die Sirenen, damals im alten Griechenland, so schön, daß jedermann, der sie hörte, auf der Stelle sterben wollte. Was für eine Barbarei, dieses »Wart, wart, wir kriegen dich«-Gekreisch, das mir jetzt auch vom Dach eines grün-weißen Autos hinterhergeiferte, mit dem Namen für den süßesten Todeslockgesang zu belegen. Wenn schon, dann sollten sie es Erinnye nennen, dieses brachial-banale uaüäüäüäähh. Ich holte die Magnum aus dem Handschuhfach.

Haben Sie eine Ahnung, wie es sich anfühlt, auf dieser Welt ein Mädchen zu sein?

Hinter mir krachte es: Kugel durch Scheibe, Auto in Leitplanken, Auto in Auto in Leitplanken. Mit vorübergehend freiem Rücken steuerte ich den nächsten Drive-Through an und bestellte eine große Portion Pommes samt zugehöriger Cola light.

»Warum haben Sie nicht den Zug genommen, wenn Sie so eilig nach Frankfurt mußten«, werden die Optimisten unter Ihnen an dieser Stelle vielleicht einwenden. Die Antwort ist einfach: Ich fahre nicht Zug. Wenn ich so ein ausgebrannter Atombrennstab auf seiner letzten Reise wäre, dann vielleicht. Aber nicht, solang ich noch braune Saccharinbrause durch einen Strohhalm nuckeln kann.

Die grün-weißen Erinnyen kamen wieder. Sie hatten Verstärkung mitgebracht. Ich schnallte den Lederkoffer neben mir an, warf das fettig-klebrige Zeug durchs runtergekurbelte Fenster in einen Mülleimer und gab Gas.

Wer braucht die Lufthansa, wenn er einen Ford Pegasus hat. Die Tachonadel kletterte in den Bereich, wo die Luft dünn wird. Und da plötzlich hörte ich etwas. Durch das ganze häßliche üäüäüäüäähh hindurch hörte ich einen leisen zarten Gesang. *Sei guten Muts! Ich bin nicht wild, sollst sanft in meinen Armen schlafen …* Armer wichtiger Mann, der am Frankfurter Flughafen auf seinen Koffer wartete. Aber wer hätte damit gerechnet, daß Leitplanken singen können … Ich schloß die Augen und lächelte.

Haben Sie eine Ahnung, wie es sich anfühlt, auf dieser Welt ein Mädchen zu sein?

GELIEBTE GATTIN

»Zwo Mack Fuffzich«, sagte der Mann hinter der Theke und ließ das Messer mit routinierter Leichtigkeit in die Wurst hinabfahren. Mitternacht war vorbei. Ein einsamer Putzmann drehte in der Bahnhofshalle seine Runden. Zwei Wachmänner mit Schäferhund paradierten zum Schutz der mühsam errungenen Sauberkeit. Im benachbarten Zoo schrie ein alptraumgeplagtes Gnu.

»Zwo Mack Fuffzich«, wiederholte der Mann und schob das gewellte Pappförmchen über den Tresen. Helen wühlte in ihrem Portemonnaie nach Silbergeld. Ihre Finger zitterten.

Nur noch wenige Esser lehnten an den langbeinigen Stehtischen. Ein einsamer Geschäftsmann starrte in sein schales Pils. Ein westdeutsches Teenie-Pärchen fütterte sich mit Pizza und Küssen. Die netten Enkel vom Bahnhof Zoo, dachte Helen.

Ihre Finger zitterten stärker, als sie nach dem Plastikpieker griff. Sie mußte sich entscheiden. Jetzt. Sie schloß die Augen. Er hatte gesagt, sie solle sich keine Mühe machen. Er wisse nicht, mit welchem Zug er ankäme. Sie wußte, er konnte nur in diesem Zug sitzen.

Helen öffnete die Augen. Die unregelmäßig geschnittenen Wurstscheiben verschwanden unter einer dicken Curry-Ketchup-Decke. Mehr als acht, und sie würde bleiben. Weniger als acht, und sie würde gehen.

Helens Herz klopfte, als sie die erste Scheibe in den

Mund schob. Ihre Geschmacksnerven waren tot wie abgeschnittene Kabelenden. Zwei. Im Schaufenster gegenüber reihten sich eitle Krawatten. Drei. Am liebsten hätte sie sich aufgehängt. Seit zehn Tagen hatte sie ihn nicht mehr gesehen. Hatte er dafür zu sorgen gewußt, daß sich ihre Wege nur im Telefonnetz kreuzten. Vier. Er war ein Arschloch. Und sie eine Idiotin. Die Idiotin des Arschlochs. Eine große Liebesgeschichte. Fünf. Die kanarienbunten Krawatten reizten ihren Blick. Vor ihrem inneren Auge blitzten Buschmesser. Sechs. Sie sollte nach Hause gehen, bevor es zu spät war. Sieben. Der Kerl sollte sich ins Knie ficken. Acht. Nein. Der Kerl sollte sie ins Knie ficken. Jederzeit. Ausdauernd. Regelmäßig.

Der Plastikpieker stach ins Leere. Schneller stocherte Helen im Ketchup herum. Vergeblich. Die rote Soße gab kein Fleisch mehr her. Acht. Es waren acht Wurstscheiben gewesen.

Über den Bahnsteig fegte ein trostloser Wind. Helen wickelte sich enger in ihren Mantel. Auf ihrer Zunge hing der fade Nachgeschmack von Phosphat. Die großen Zeiger der Bahnsteiguhren sprangen zum nächsten Balken. Null Uhr neun. Planmäßige Ankunft des Zuges aus Frankfurt: Null Uhr zehn.

Mit gewaltsam gedrosselten Schritten schlenderte Helen auf die Bahnsteigmitte zu. Sie setzte sich auf eine Bank, von der sie die beiden Ausgänge im Blick hatte.

Eine kleine Frau mit wachem Mardergesicht huschte an Helen vorüber. Ihr roter Herbstmantel flatterte hinter ihr her. Kurzsichtig blinzelte sie zu den Anzeigetafeln empor.

Helen vergrub sich in ihrem Mantelkragen. Über die schwarze Kaschmirkante hinweg schaute sie den Uhrzeigern beim Synchronspringen zu.

Er würde aus dem Zug steigen. Abgespannt. Grau. Ohne sich umzusehen zur Rolltreppe eilen. Sie würde sich langsam erheben. Ihm gelassen entgegenkommen. Oder energisch hinterherschreiten. Je nachdem. Ihm sacht auf die Schulter tippen. Er würde die Stirn runzeln. Er würde sich freuen. Oder nicht.

Helen zuckte hinter ihrem Kaschmirwall zusammen. Eine vielfach verzerrte Stimme hallte über den Bahnsteig. Mit zusammengekniffenen Augen – Ohren konnte man nicht zusammenkneifen – entzifferte sie etwas von Ausfall, betriebstechnischer Umleitung und circa fünfzig Minuten. Helen stand auf. Und setzte sich wieder.

»Entschuldigen Sie!« Die kleine Frau mit dem Mardergesicht lief auf sie zu. »Entschuldigen Sie!« rief sie Helen von weitem entgegen, »haben Sie die Ansage verstanden? Der Zug aus Frankfurt hat Verspätung?« Sie verstummte und preßte die Lippen aufeinander, als wolle sie sich für ihr Ungestüm selber tadeln.

Helen zuckte mit den Schultern und nickte mit dem Kopf. »Fünfzig Minuten«, murmelte sie.

»Oh nein«, seufzte die Frau. »Es ist doch sowieso schon so spät. Eine Stunde auf diesem kalten Bahnsteig.« Ihre Schultern senkten sich in kraftlosem Leid. Sie machte einige unentschlossene Schritte im Kreis herum.

Helen nahm ihre Hände aus den Manteltaschen. Sie würde nicht mehr warten. Die Verspätung galt ihr. Sie sollte verschwinden.

»Erwarten Sie auch noch jemanden?« Schüchtern wandte sich die kleine Frau wieder an Helen. Helen knurrte Unverständliches.

»Würde es Ihnen etwas ausmachen, wenn ich Ihnen ein wenig Gesellschaft leiste?« Die kleine Frau blickte auf ihre blanken Schuhspitzen. »Ich finde es nämlich ein bißchen unheimlich. So allein an diesem gräßlichen Bahnhof. Nachts als Frau.«

Der Putzmann hatte seine Arbeit beendet. Der neue Bahnhofsboden lag in müdem Glanz. Die letzte Belegschaft der Imbißbuden und Stehlokale wischte ihre Theken.

Helen schraubte den Cognac auf, den sie dem Würstchenwirt abgerungen hatte, und kippte ihn wortlos in den Kaffee. Die kleine Frau mit dem Mardergesicht schwenkte ihren Teebeutel.

»Oh nein«, sagte sie, »um diese Uhrzeit trinke ich keinen Alkohol mehr.« Sie lachte ein kleines adrettes Lachen.

Helen sagte nichts. In einer halben Stunde würde sie vor ihm stehen. Würde er gezwungen sein, sich zu freuen, daß ihn nach der überlangen Fahrt jemand abholte. So gänzlich unerwartet. Würde seine große Freude auch vor ihr – Helen – nicht haltmachen.

»Es wird immer schlimmer mit diesen Verspätungen.« Die kleine Frau drückte ihren Teebeutel aus. »Wissen Sie, mein Mann muß in letzter Zeit häufiger mit der Bahn fahren. Beruflich. Wenn das mit diesen Verspätungen so weitergeht, hat es gar keinen Sinn mehr, daß ich jedesmal auf ihn warte.«

Helen nickte stumm.

Um halb zwei, mit achtzigminütiger Verspätung, fuhr der Zug im Bahnhof Zoo ein. Die versprengten Gestalten, die bis zum Ende am Bahngleis ausgeharrt hatten, seufzten auf. Müde Augen, aus denen der letzte Funken Geduld gewichen war, starrten auf die verschlossenen Türen.

»Berlin. Zoologischer Garten. Dieser Zug endet hier.« Unter dem Dröhnen der immer wachen Lautsprecher öffnete die weiß-rote Blechschlange ihre Schleusen. »Berlin. Zoologischer Garten. Bitte alles aussteigen. Dieser Zug endet hier.«

Eine bis zur Erschöpfung gereizte Karawane tröpfelte auf den Bahnsteig. Helen stellte sich auf Zehenspitzen.

Er kam aus einem der hinteren Waggons. Seine gelbe Seidenkrawatte leuchtete ihr als erstes entgegen. Sein Schritt war stählern. Helen setzte ihr trainiertes Understatement-Lächeln auf. Er kam direkt auf sie zu. Er sah sie nicht. Helen hielt die Luft an und begann zu zählen.

Sie merkte nicht, daß sich neben ihr eine kleine flüchtige Bewegung löste. Sie registrierte den roten Farbfleck, der in der letzten Stunde nicht von ihrer Seite gewichen war, erst, als er sich vor das Gelb schob, sich das Gelb hinunterbeugte und für wenige Augenblicke hinter dem Rot verschwand. Helens Lächeln fraß sich wie Säure in ihr Gesicht.

Die kleine Frau mit dem Mardergesicht hing an seiner Seite. Sie lachte. Er entdeckte Helen erst, als er die Rolltreppe betrat. Seine untere Gesichtshälfte zuckte zusammen, als ob er überraschend auf etwas Saures gebissen hätte. Reglos verschwanden er und die kleine Frau in der Tiefe. Die kleine Frau hatte nichts gemerkt.

OTHELLA KANN NICHT PLATZEN

Frau Dorn wundert sich über Frauenherzen und Männermorde

»Es war die Hölle. Ich hab's nicht mehr ausgehalten. Der Kerl, der war ja nur noch besoffen. Und dann, in der einen Nacht, wo's besonders schlimm war, da – da hab ich die Paketschnur genommen und ihm um den Hals – – Ich wußte mir keinen Rat mehr, wie ich da rauskommen soll.« So oder ähnlich klingt es, wenn Frauen erklären, warum sie ihre Männer getötet haben.

»Für mich brach eine Welt zusammen. Wie sie dastand und mir ins Gesicht gesagt hat, daß sie mich nicht mehr liebt und jetzt einen anderen hat und so. Da hab ich rot gesehen. Und plötzlich war das Messer in meiner Hand. Ich hab das nicht verstanden. Sie hatte es doch immer gut bei mir. Wir hatten es doch immer schön miteinander.« So oder ähnlich klingt es, wenn Männer erklären, warum sie ihre Frauen getötet haben.

Zwei Geschlechter. Zwei Welten. Frauen, scheint's, töten ihre Männer, um sie für immer loszuwerden. Männer, scheint's, töten ihre Frauen, um sie für immer zu behalten. Frauen morden, weil sie die Schnauze endgültig voll haben. Männer morden, weil ihnen das Herz gebrochen wurde. Sonderbar. Ist eine Frau – aus Sicht des Mannes – ein wertvolleres Hab und Gut als ein Mann – aus Sicht der Frau? Sind Frauen etwas, das man um keinen Preis der Welt hergeben und Männer etwas, das man um keinen Preis der Welt behalten will? Oder ticken in Männern schlicht und einfach die empfindsameren Gemüter? Ist das Verbrechen aus Leidenschaft die letzte männliche Bastion, die Frauen niemals stürmen werden? Königin der Herzen: ja – Killerin der Herzen: nein?

Die ganze abendländische Kultur will uns die Rach- und Eifersucht als eins der primären weiblichen Charaktermerkmale verkaufen. Und dennoch stellt sich bei näherer Betrachtung heraus, daß die Geschichte der weiblichen Sentimentalverbrechen ein eher glanzloses Menschheitskapitel ist. Was macht Medea, als sie beschließt, sich an Jason für seinen Liebesverrat zu rächen? Sie bringt ihre Kinder um. Rührend zu glauben, daß die Ermordung seiner Kinder Jason tiefer treffen würde als seine eigene!

In der Oper sorgen Verdis eifersuchtsschnaubende Mezzos mit schöner Regelmäßigkeit dafür, daß der Tenor, der ihre Liebe verraten hat, samt geliebtem Sopran in tödlichen Ärger gerät – jedoch nur, um im letzten Akt tränenreich zu überlegen, wie sie den Helden durch Selbstopfer aus eben der Klemme retten können, in die sie ihn gebracht haben.

Leuchtende Ausnahme am Horizont der Halbherzig-Eifersüchtigen: Klytämnestra greift zum Beil, um den – in Begleitung seiner orakelnden Geliebten – aus Troja heimkehrenden Feldherrn in der Badewanne zu entsorgen. Aber tut sie das wirklich aus verletztem Herzen? Oder will sie den alten Sack einfach loswerden, um in ihrem Leben Platz für den neuen zu schaffen?

In unseren Tagen gar haben weibliche Rachefeldzüge mit Furien- und Erinnyen-Werken so viel Ähnlichkeit wie der Nagelknipser mit der Guillotine. Die moderne Frau legt sich ins Bett und heult, wenn ihr das Herz gebrochen wurde. Vielleicht steht sie zwischendurch kurz mal auf, um aus seiner Briefmarkensammlung Konfetti zu machen, seine CD-Sammlung zu zerkratzen, seinen Lieblingspyjama zu zerschneiden oder sich – wenn sie wirklich Amok läuft – an seinem Auto zu vergehen. Aber das wars dann auch. Nix Othella. Kein Fräulein Woyzeck, das den treulosen Liebhaber/Gatten in blinder Raserei über den Haufen sticht. Männliche und weibliche Herzen scheinen aus unterschiedlichem Material gemacht. Männerherzen haben die Neigung zu explodieren. Frauenherzen wählen den vornehmeren Weg der Implosion. Und wenig spricht dafür, daß die weibliche Welt den Mord als finalen Liebesbeweis jemals für sich entdecken wird. »Ich morde, ergo liebe ich«, bleibt männliche Beziehungs-Cartesianik.

Sind Frauen die letzten wahren Platoniker, frei nach dem Motto: »Es ist besser, Unrecht zu erdulden, als Unrecht zu tun!«? Sind sie heillose Pragmatikerinnen: »Ich räum doch nur jemanden aus dem Weg, den ich auch wirklich aus dem Weg geräumt haben will!«? Ist der Druck in ihren Herzkammern zu schwach? Sind sie zu wenig melo-romantisch? Oder zu sehr, indem sie es nicht über sich bringen, das Objekt der Liebe mit der Liebeskeule totzuschlagen?

Eins ist universal: Jeder mordet, was ihn gefangenhält. So oder so.

DIE WELT ALS WILLE UND AUSSTELLUNG

Ich war mit dem Nachtzug aus Prag angekommen. Den Tag hatte ich im Hotel verbracht. Geschlafen. Gewartet. Meine Fingernägel lagen blutig am Boden verstreut. Um kurz vor Mitternacht trieb mich der Hunger auf die Straße. Ich hatte seit zwei Tagen nichts mehr gegessen, nichts mehr getrunken. Kurz hinter dem Bahnhof brachten zwei junge Franzosen einen Brasilianer um. Der Taxifahrer, der mich zur Weltausstellung fuhr, war schweigsam. Ich überlegte kurz. Im Rückspiegel sah ich den Schweißtropfen auf seiner Stirn. Und entschied mich zu warten. Am Eingang der Weltausstellung stand ein großer Mann mit rotem Pferdeschwanz. Er sagte: »Die Kassen sind geschlossen.« Ich spürte ein Zucken in der linken Oberlippe. Mit der Karte, die ich an einem der Automaten kaufte, ließ er mich eintreten.

Ich habe sie alle besucht. Barcelona. London. Paris.

Der alten Sitte folgend, immer den Pavillon des Landes, in dem gerade die Weltausstellung stattfindet, zuerst zu besuchen, ging ich zuerst zum Deutschen Pavillon. Die weißen Gipsköpfe, die ich durch die großen Glasfronten hindurch erkennen konnte, interessierten mich nicht sehr. Ich machte einen Spaziergang um das Gebäude.

Ich kam in einen dunklen Saal. Musik dröhnte laut. Ungefähr dreihundert Menschen saßen auf Sitzkissen, ordentlich gereiht, und lauschten. Ein junger und ein nicht mehr junger Mann standen auf der Bühne und hantierten an einer Musikanlage herum. Der junge Mann trug ein schwarzes T-Shirt. *I know the DJ*. Ich lächelte. Der nicht mehr junge Mann mit den eisgrauen Stoppelhaaren, dem Sweatshirt und den Turnschuhen arbeitete hektischer als der junge Mann. Mit schnellen kurzen Schritten rannte er zwischen der Anlage und den Taschen hin und her, zog CDs und Platten aus ihnen hervor, lief zwischen CD-Spieler und Plattenspieler hin und her, wechselte Platten und CDs, stülpte sich Kopfhörer über. Verrutscht.

»Komische Veranstaltung, nicht?« Ein gerade noch junger Mann war neben mich getreten. Er war groß. Und trug einen schwarzen Anzug. Hätte man in dem Saal rauchen dürfen, hätte er eine Zigarette zwischen den Lippen gehabt.

Ich sah an ihm vorbei. Und nickte.

»Kennen Sie die zwei?«

Ich schüttelte den Kopf.

»Schriftsteller. Beide. Lustig, nicht?«

Er mußte schreien, damit ich ihn verstehen konnte.

»Wollen Sie nicht mitkommen?« Er beugte sich zu mir hin. »Ich habe gehört, in Australien gibt es noch zu trinken.«

Ich folgte ihm aus dem Saal ins Freie. Der Mann am Eingang mit dem roten T-Shirt *Expo heißt Liebe* brach tot zusammen. Ohne zu reden kamen wir an Geschäften vorbei. *Neue Tiefstpreise* stand in bunten Buchstaben auf schwarzen Plakaten. Der Expo-See mit dem Metallgerüst lag verlassen da. Am Kiosk *Copacabana* tanzte ein Dutzend Menschen Polka. Wir kamen nach Australien.

»Sie haben genug getrunken.«

Er lächelte. »Sie können ja reden.«

»Hören Sie auf zu trinken. Es macht mir Kopfschmerzen. Kommen Sie.«

Ich nahm seine Hand, und er folgte mir durch leere Straßen bis zu einem großen Indianerzelt. Big Tipi. Ich löste die Schnüre, mit denen die Eingangsplane verschlossen war. Der Raum war hell. Viel zu hell. Ich hielt die Plane hoch und bedeutete ihm, er möge eintreten. Im Innern des Zelts roch es nach Menschen. Und Kindern. Und Staub. Ich spürte, wie er langsam hinter mich trat. Ich ließ ihn meinen Nacken küssen. In meinem Kopf begann es zu kreisen. Die Welt als Wille und Ausstellung. Ich wartete, bis er sich zu meinem Mund vorgearbeitet hatte.

In Barcelona war es ein junger Amerikaner gewesen. In Paris waren es zwei Franzosen. In London war es eine junge Inderin gewesen.

DIE SCHWARZEN ENGEL

Frau Dorn sucht den Verbrecher des Monats

Der August war ein schlechter Monat für das Verbrechen. Nicht weil die Polizei so viele Verbrecher gefaßt hätte. Sondern weil soviel Häßliches, Dilettantisches und Dummes geschehen ist, das jeden wahren Begriff von Verbrechen hinunterzieht. Da standen an vorderster Front die strammen Maxe zwischen Wuppertal und Gera, über deren allnächtliche Ausraster die Medien sorgfältig Tagebuch führten. Viel zuviel Lärm um ein paar Rotznasen, die gern groß und gefährlich wären und denen doch nur die Angst vor der eigenen Nichtigkeit ins Hirn geschissen hat. Nein, mit wahren Verbrechern haben diese braunen Terrortubbies nichts zu tun. Der wahre Verbrecher ist ein Ritter von der einsamen Gestalt. Er tritt nicht in prügelnden Horden auf, er säuft sich keinen Mut an, bevor er zuschlägt. Er tut, was er tut, nicht, um einem Führer zu gefallen. Der wahre Verbrecher lebt nur für sich. In seinem eigenen Kosmos, seinen eigenen Gesetzen folgend. Und das macht ihn zu einem großen Charakter. Zu einem größeren Charakter als der »gute« Held je sein könnte: Der weiße Engel kämpft für ein edles, fernes Ziel. Das Ziel des schwarzen Engels ist einzig und allein er selbst. Der schwarze Engel ist der wahre Autonome. Im Verbrecher begrüßen wir unsere Sehnsucht, uns aus dem Spinnennetz des Sozialen zu befreien. *No more* Rücksichtnahme auf Mitmenschen, die uns den letzten Nerv rauben, *no more* Regeln befolgen, die wir für beschränkt halten, sondern einfach die beiden

Magnums aus dem Wandschrank holen und losziehen. Und nicht mehr zurück. Verbrechen ist eine Lebenshaltung. Alles andere sind Kinkerlitzchen. Vor den Taten eines Verbrechers stehen wir, wie wir vor dem feuerspeienden Ätna oder dem Schlußchor aus Wagners »Lohengrin« stehen: Schaudernd wollen wir uns abwenden, aber es gelingt uns nicht: Wir schauen hin, fasziniert. Verbrechen ist erhaben.

Der August war ein schlechter Monat für das Verbrechen. Dabei begann es in der Hauptstadt vielversprechend: am 1.8. kommt ein Achtzigjähriger aus Rheinland-Pfalz mit dem ICE nach Berlin gereist, um sich am Babystrich in der Kurfürstenstraße erschlagen zu lassen. Lulu läßt grüßen. Wenn auch kein direkter Kandidat für das Verbrechen des Monats, so muß dieses Ereignis doch als ernsthafter Kandidat für den Abgang des Monats betrachtet werden.

Schwieriger wird es, wie man den Überfall auf eine Neuköllner Bäckerei bewerten soll: Am frühen Morgen des 5.8. bricht ein ehemaliger Angestellter in die Backstube ein, um seinen Ex-Chef zu bedrohen und ihm den Laptop zu klauen. Blöder Racheakt oder Verzweiflungstat eines verkannten Dichters? Ganz gleich wie: in der Rubrik »Raub« das originellste Verbrechen. (Mit einem großen Fragezeichen versehen müssen wir den Versuch von drei jungen Männern, in der Nacht vom 16. auf den 17.8. ins Bode-Museum einzubrechen. Auf dem sicheren letzten Platz hingegen landen die Täter, die in einen Zeitungskiosk einbrachen, um mehrere BVG-Karten zu stehlen – auch wenn wir angesichts der Preispolitik der BVG für die Aktion Verständnis haben.)

In der Disziplin »Mann beißt Hund« gewinnt der Kaufhaus-Detektiv, der einem verhinderten Ladendieb bis auf die Straße folgte und ihn dort niederstach. Und wenn wir schon einmal auf diesem Niveau angekommen sind: Am späten Abend des 20.8. bissen in Heiligensee zwei aus einem Zwinger geflüchtete Hunde eine Katze tot.

Wie schlimm es um das Verbrechen in der Hauptstadt im Monat August wirklich bestellt war, macht folgender Fall deutlich: Ein Mann raubt eine Bank aus. Mit einer Granate in der Hand. Am nächsten Tag läßt er sich schnappen und erklärt den Polizisten, er sei halt so hoch verschuldet und habe in dem Überfall seinen letzten Ausweg gesehen. Um zu verhindern, daß solche armen unschuldigen Menschen künftig in die Kriminalität abrutschen, sollte der Senat vielleicht eine Präventivgruppe für Bankraubgefährdete einrichten.

Über die Grenzen des engen Berlin hinausblickend, blitzte Ende des Monats für einen Moment doch noch die Hoffnung auf, ein echtes *Element of Crime* entdeckt zu haben: Iris Radisch und ihre Mehr-als-Bereitwilligkeit, den Platz im Literarischen Quartett einzunehmen, den Sigrid Löffler Anfang des Monats im gerechten Zorn geräumt hatte. War sie endlich gefunden, die große Gnadenlose, die sich über alle Grenzen von Würde und Anstand hinwegsetzt, um nur sich selber Maß und Ziel zu sein? Ach ja. Wenn man dann mit ansehen mußte, wie wacker die Deutsch-Leistungskurs-Beste R. dem wohlwollenden Oberstudiendirektor R.-R. widersprach, war es wohl doch nur ein Mädel auf der Suche nach dem verlorenen Steigbügel, das man da gefunden hatte.

Angesichts dieser tristen Monatsbilanz bleibt uns nur noch eins: Seien wir froh, daß wir Helmut Kohl haben. Wenn schon keinen Berliner Etappensieger, dann wenigstens in der Gesamtwertung der Tour de Crime einen, der das gelbe Trikot souverän verteidigt.

Vielleicht wird der September ein besserer Monat.

VENUS MIT HUND

Prolog

Die S-Bahn ächzte. Sie hatte es satt. Ein für allemal satt. Ihr beige-rotes Mäntelchen war beschmiert, ihre Sitze verrotzt und ihre Türen klemmten. Seit einem knappen Jahrhundert quälte sie sich durch Berlin. Viel zu lange schon mußte sie diese Stadt und ihre verkorkste Biographie ertragen.

Mit vierzehn war Berlin in die Flegeljahre gekommen, mit achtzehn, neunzehn von spätpubertären Revolutiönchen heimgesucht worden, bevor in den Zwanzigern das wilde Leben ausgebrochen war. Die mittleren Dreißiger hatten im Zeichen des Leistungsprinzips gestanden, das Leben war in gerade Bahnen gelenkt worden, man hatte sich um das verlotterte Erscheinungsbild gekümmert, an einer straffen Silhouette gearbeitet. Ende der Dreißiger hatte Berlin beschlossen, ein letztes Mal richtig über die Stränge zu hauen, es hatte geschaut, was sich in der Nachbarschaft so alles abschleppen ließ – bis Mitte Vierzig die Midlife-crisis unerbittlich zugeschlagen hatte. Berlin war am Boden zerstört gewesen, hatte sich scheiden lassen und versucht, die Wechseljahre im engsten Freundeskreis zu überstehen. Mit sechzig hatte sich Berlin endgültig in seine vier Wände zurückgezogen, hatte es sich in den Siebzigern sogar noch mal hübsch gemütlich gemacht. Danach wäre es eigentlich an der Zeit gewesen, sich mit Anstand zu verabschieden. Berlin aber war plötzlich von der senilen Bettflucht gepackt worden, hatte sich Hals über Kopf in eine neue Affäre gestürzt, den zwischenzeitlich auf Irrwege geratenen Ex-Gatten wieder an seine Brust gedrückt und mit ihm auf zweiten Frühling gemacht. Nun war Berlin weit in den Neunzigern, litt am Kater nach dem greisen Honeymoon und mußte seine bescheidene Rente mit einem Ehegatten teilen, der ihm bereits in der Hochzeitsnacht auf die Nerven gegangen war. Und zu allem Überfluß hatten sich auch noch irgendwelche nutzlosen Enkel angekündigt, die zur Feier des Hundertsten wieder daheim einziehen wollten.

Die S-Bahn ratterte durch zerbröckelnde Häuserfronten.

EUTHANASIE FÜR BERLIN! schrie sie mit jedem ihrer Räder.

1

Katharina fuhr selten mit der S-Bahn. Im allgemeinen vermied sie es, Berlins öffentliche Bedürfnisanstalten im Schienennahverkehr zu benutzen. Nur besondere Bedürfnisse konnten sie dazu bewegen, ihren BMW stehenzulassen und auf die Transportmittel der BVG umzusteigen.

Fiffis Bedürfnisse waren besondere Bedürfnisse. Er hatte seinen breiten Arsch neben Katharinas Stilettoabsätzen plaziert und ließ sich von dem vibrierenden Zugboden die Hämorrhoiden massieren. Ein Ausdruck tiefer Harmonie mit sich und der Welt verklärte sein gutmütiges Gesicht.

Um seinen Hals glänzte das neue schwarze Lederband mit den silbernen Dornen, das Katharina ihm letzte Woche gekauft hatte. Die Schlaufe der Hundeleine zierte Katharinas rechtes Handgelenk.

Am anderen Ende des Waggons hockte ein verlauster Kreuzberger Schäferhund. Er hatte kein so schönes Halsband. Denn sein nicht minder verlaustes Herrchen hatte eine Ideologie, die Hundeleinen für den ersten Schritt ins Vierte Reich hielt.

Mit der stolzen Zufriedenheit des vom Leben besser Bedienten schmiegte sich Fiffi an die weißen, frisch rasierten Beine seiner Herrin. Der Schäferhund blaffte ihn neidisch an. Erschrocken steckte Fiffi seinen Kopf unter Katharinas schwarzen hochgeschlitzten Rock. Zwischen den Beinen seiner Herrin leckte er sich Mut an.

»Nee, also so ne Sauerei! Vabieten sollte man so wat«, ereiferte sich die gegenübersitzende Oma mit dem Pekinesen auf dem Schoß. »Vabieten!« Ihre sorgfältig geringelte Löckchenperücke klirrte vor Empörung. »Äüh! Äüh!« kläffte ihr Pekinese.

Katharina zog Fiffi zwischen ihren Knien hervor und versetzte ihm mit der Hundeleine einen Schlag auf die Ohren. »Laß das, du Schwein!« Fiffi ließ seine feuchte Zunge hängen.

Katharina schlug die Beine übereinander und bedeckte sie züchtig mit ihrem verrutschten Rock. Achselzuckend wandte sie sich an die entrüstete Großmutter. »Ich kann machen, was ich will. Er nimmt einfach keine Manieren an.«

Katharinas schwarzgetuschte Wimpern senkten sich über Fiffi wie die Flügel eines Nachtfalters. »Geh zu der Dame und sag, daß dir dein ungezogenes Benehmen leid tut! Hopp!« Ihre Stimme klang wie zwanzig Jahre alter *Single Malt*. Sie ließ die Leine los.

Gesenkten Hauptes schlich Fiffi zu der erregten Öffentlichkeit.

»Weg! Weg! Hau ab!« kreischte die Oma und zog den Pekinesen fester an sich. »Sie! Sie! Anzeijen werde ick Sie! So wat Perverses!«

Ruckelnd fuhr der Zug in den Bahnhof Savignyplatz ein. Katharina stand auf. »Sie haben Glück, daß Fiffi zwischen sieben und acht sein libidinöses Tief hat«, überbrüllte sie das Bremsenquietschen. »Normalerweise bespringt er nämlich Frauen, die seine Entschuldigungen so schroff abweisen. – Fiffi, bei Fuß!«

Erhobenen Kopfes verließen Katharina und ihr Hund die S-Bahn.

»WIR trinken was WIR pinkeln«, bekannte die Brandmauer hinter dem anderen Bahnsteig. Rechts und links von dem schwarzen Schild hingen Bilder eines gequälten Glatzkopfs, der vergeblich mit verschlossenen S-Bahntüren kämpfte. Katharina fragte sich jedesmal, wenn sie hier vorbeikam, ob es sich bei den beiden Tableaus wirklich um Kunst oder nicht doch um Werbung für eine Urintrinker-Sekte handelte. Der Zusammenhang zwischen Natursekt und S-Bahn hätte ihr insoweit eingeleuchtet, als es in den Waggons der BVG tatsächlich so stank, als ob die *Wilden Pinkler* dort regelmäßig ihre Symposien abhielten. Fiffi schnüffelte interessiert.

Katharinas Absätze klackten über den Steinboden. Ergeben trottete ihr der Hund hinterher.

Die finsteren Darstellungen der im Urindunst gefangenen Glatze wurden abgelöst von tönernen Gebotstafeln mit anthroposophischer Kalligraphie. Ökolyrische Worte toter und noch nicht ganz toter deutscher Dichter waren dort eingeritzt.

Bruder Mensch

Hat uns schon oft verlassen
Bruder Baum nie.

Katharina zog Fiffi weiter, dem anzusehen war, daß er schon wieder nur ans Pinkeln dachte. Ihre Absätze klackten schneller, und Fiffi fiel in Trab.

»WIR sind die Hautkrankheit der Erde«, klagte sich die Brandmauer schnell noch an, bevor Katharina die Treppe erreicht hatte und sie aus den Augen verlor. Fiffi stolperte hinter ihr die Stufen hinunter.

Vor dem Abendessen wollte Katharina noch ein wenig spazierengehen. Als pflichtbewußte Bürgerin Berlins leistete sie auf diese Weise ihren Beitrag zu den offiziellen Bemühungen, das Stadtbild mit lässigen, hübschen, gutgekleideten Flaneuren und Flaneusen zu verschönern. Fiffi wedelte freudig mit dem Schwanz.

Katharina trat aus dem Bahnhofsgebäude und blinzelte ins eitergelbe Abendlicht. Der Himmel sah krank aus. Genaugenommen sah der Himmel über Berlin immer krank aus. Sie setzte ihre schwarze Sonnenbrille mit den geschwungenen Gläsern auf.

Eine Plakatwand kündigte die diesjährige Rassehundeschau in der Messehalle an. Katharina sah Fiffis sehnsüchtigen Blick. »Ich fürchte, die wollen dich da nicht haben, mein armes Schwein«, sagte sie. »Da hättest du deine Mutter schon daran hindern müssen, sich von einem sibirischen Wolf bespringen zu lassen.« Sie tätschelte den platten Schädel. Ihre Anteilnahme entlockte Fiffi ein dankbares Jaulen.

Seit einem knappen halben Jahr gehörte er ihr nun. Fiffi war ihr erster Hund. Bei »Martern für Tschernobyl«, einer Sado-Maso-Benefiz-Gala, die Katharina in ihrer Eigenschaft als Radioreporterin für Lokales und Vermischtes besucht hatte, hatte sie ihn aufgegabelt.

Kopfunter hatte er an einem Fleischerhaken gehangen, und eine riesige Transe in Schlächterschürze hatte ihm ab und zu mit dem Ochsenziemer eins übergebraten. In einem unbemerkten Augenblick hatte Katharina ihn abgehängt und mit nach Hause genommen.

Sie schlenderte die S-Bahn-Arkaden entlang. Vor der Auslage eines Büchergeschäfts blieb Katharina stehen. Seitdem sie ihr Geld nicht mehr als freiberufliche Literaturkritikerin verdienen mußte, konnte sie die Schaufenster von Buchhandlungen wieder betrachten, ohne zu bereuen, daß sie keinen Molotowcocktail in der Handtasche hatte. Die Berufsbezeichnung *freie Journalistin* war ihr stets als Hohn erschienen. Wenn sie tatsächlich frei gewesen wäre, hätte sie sich die Mühe gespart, anläßlich überflüssiger Bücher noch überflüssigere Kritiken zu verfassen. Doch niemand hatte sie für ihr klügeres Schweigen bezahlen wollen.

Fiffi saß träumend vor einem Bildband über Marlene Dietrichs letztes Konzert in London. Katharina zerrte ihn weiter.

»Ich hab' so Heimweh nach dem Kurfürstendamm«, summte sie leise.

Katharina wollte ihr Abendmahl mit einem Aperitif im *Kranzler* eröffnen. Unter der weiß-rot gestreiften Markise des traditionsreichen, das heißt: touristisch überbevölkerten Berliner Cafés hielt sie Ausschau nach einem Tisch. Sie entschied sich für eine anständige, westdeutsche Kernfamilie: Vater, Mutter, zweimal Kind.

»Entschuldigen Sie, ist der Stuhl hier noch frei?«

Vier Augenpaare schauten Katharina an. Eine verlegene Stimme suchte nach Worten. »Ja schon, der eine hier, ja, aber –«

»Danke! Ein Stuhl reicht schon. Fiffi, Platz!« Mit liebenswürdigem Lächeln ließ sich Katharina auf dem Plastikstuhl nieder. Fiffi setzte sich zu ihren Füßen. Der Spaziergang hatte ihn ein wenig außer Atem gebracht. Er hechelte an Katharinas linkem Knie.

Bei der blonden Kellnerin mit der schlechten Dauerwelle, die sie schon öfter bedient hatte, bestellte Katharina einen Sekt. Entspannt lehnte sie sich zurück.

Der Spaßvogel mit dem roten Mützchen war auch wieder da. Vor dem *Kranzler* plantschte er in dem Passantenstrom herum, pinselte Herren die Glatze, wies Damen mit seiner Trillerpfeife zurecht, paradierte neben ihnen im Gleichschritt und trieb auch sonst allerlei Unsinn, den das *Kranzler*-Publikum ebenso begeistert goutierte wie die überzuckerten Plunderstückchen und schmierigen Cremetorten. Der kleine Scherzbold führte seine Zuschauer an die Grenze ihrer humoristischen Belastbarkeit, als er einen Offizier der Wannseeflotte unbemerkt an die entrollbare Hundeleine nahm und ihm mit vorgehaltener Wasserpistole folgte. *Jaaaaaa, det is Berlin!*

Der Kernfamilie waren unterdessen die Eisbecher warm geworden. Sie lachte nicht mehr. Nur die Gören kicherten von Zeit zu Zeit verschämt in ihr zerlaufenes Eis. Katharina lächelte den beiden Mädchen zu. »Ihr braucht keine Angst zu haben. Fiffi beißt nicht. Wenn ihr wollt, dürft ihr ihn mal streicheln.«

»Hände weg«, keifte die Mutter. Sie warf ihrem Gatten einen strengen Blick zu.

»Belästigen Sie meine Familie nicht«, führte er den stummen Befehl seiner Gattin aus.

»Verzeihen Sie! Es lag nicht in meiner Absicht, Sie zu belästigen. Aber Fiffi ist doch ein ganz braver Hund. Nicht wahr, Fiffi?« Katharina beugte sich hinunter und kraulte ihn hinter den Ohren.

»Fräulein, zahlen«, sagte der Vater.

Fiffi leckte glücklich den Himbeerbecher eines der deutschen Kernfamilienmädchen aus, den Katharina vor ihn auf den Boden gestellt hatte. Katharina nippte an ihrem Sekt. Die üblich schlechte Hausmarke.

Vom Nachbartisch schielte in regelmäßigen Abständen ein Herr mit Ziegenbart und weißen Söckchen über seinen *Pharisäer* herüber. Katharina tippte auf Nebendarsteller in einem Siebziger-Jahre-Porno oder Studienrat für Latein und Griechisch in Wanne-Eickel.

Fiffi hatte den ersten Eisbecher sauber ausgeleckt. Seine stumpfe Nase glänzte himbeerfarben. Katharina schob ihm den nächsten Eisbecher hin.

Eine greise, silberhaarige Venus, die sich trotz der sommerlichen Temperaturen in ihren Nerzmantel gehüllt hatte, fragte, ob sie an Katharinas frei gewordenem Tisch Platz nehmen dürfe. Katharina nickte. Fiffi unterbrach sein Geschlabber und senkte ehrfürchtig den Schädel.

Mit messerfeinem Lächeln nahm die greise, wahrscheinlich reich verwitwete Charlottenburgerin Fiffis Huldigung entgegen.

Die Bedienung kam und wollte die Eisbecher der Kernfamilie abräumen. Fiffis *Hors d'œuvre* gefiel ihr nicht. »Stelln Se hier den Eisbecher wieder ruff, aber flott«, schnauzte sie. »Wenn Se schon hierherkomn, benehm Se sich jefällichst wie alle andern Jäste ooch. Ihre Sauerein könn Se daheim machen.«

»Fiffi macht keine Sauerei«, wandte Katharina ein. »Ganz im Gegenteil. Die Küche sollte meinem Hund dankbar sein, wenn er die Gläser vorspült.«

»Wern Se nich frech. Vorspült! Ick glob, ick spinne!«

Katharina zuckte die Achseln. Wie immer zeigten die Bevölkerungsschichten die größte Intoleranz, die ihren eigenen Kötern stundenlang dabei zuschauen konnten, wie sie Berlin zuschissen. Aber ein Hund, der saubermachte, das sprengte ihren Horizont. Dabei hatte sich Fiffis Zunge in den letzten Monaten auch als Haushaltshilfe bestens bewährt.

»Aber janz flott, oder ick holn Scheff«, beharrte die Kellnerin.

Fiffi schaute unsicher zu seiner Herrin empor.

»Die Becher bleiben auf dem Boden«, bestimmte diese. »Wir gehen! – Wenn Sie glauben, Sie können meinen Hund schikanieren, nur weil er ein Hund ist, so irren Sie sich«, wandte sich Katharina zum Abschied an die blonde Serviermagd.

In dem Gesicht der greisen Venus hatte sich die ganze Zeit über kein Muskel bewegt.

Katharina nahm Fiffi an die kurze Leine, damit er auf dem Ku'damm nicht unterging. Im Grunde seines Herzens war er ein ängstlicher Hund.

Katharina verließ die Touristen-Rennstrecke, schlenderte zurück über den Savignyplatz und bog in die Grolmannstraße ein. Stolz flatterten die weißen Tischtücher des *Florian* im Abendwind. Hinter dem Savignyplatz kam sich Berlin wichtig vor.

Katharina wählte einen leeren Zweiertisch auf dem Bürgersteig (den die meisten Berliner Kneipiers aus irgendwelchen Gründen »Garten« nannten). Sie wollte ungestört zu Abend essen.

Der dezent gebräunte, weiß beschürzte Servietten-Callboy schwenkte mit weichem Hüftschwung zur Restauranttür hinaus. Mit exakt durchchoreographierter Gestik servierte er die Speisekarte. Sein madonnenhafter Blick streifte Fiffi ohne Regung. Eine hochgezogene Augenbraue war im südlichen Charlottenburg eine weniger läßliche Kellner-Sünde als ein Daumen in der Suppe.

Gesprächsfetzen wehten über den Bürgersteig-Garten wie weggeworfene Hochglanz-Blätter. Zwei schmalbrüstig-schmalhüftige Jungs stritten, ob Wichsen cool oder out sei. Eine tiefe Stimme links rezitierte aus ihrem eindrucksvollen Terminkalender. Biodynamische Charlottenburg-Mütter schoben mit ihrem Einzelkind vorbei. Eine pomadige Stimme zählte die Riege der Schlampen auf, die sie in der letzten Woche gevögelt hatte.

Katharina träufelte Olivenöl über ihre *Insalata Caprese* und stieß die Gabel in den weichen Käse. Unter dem Tisch knabberte Fiffi an einem ihrer Stilettoabsätze. Katharina schob ihn beiseite. Sein molliger Körper war heute ein unerwünschtes Wärmkissen. Fiffi seufzte. Katharina warf ihm eine Scheibe Mozzarella hin.

Sie ahnte, daß es mit dem sommerlichen Abendfrieden vorbei war, als sich ein menschlicher Schatten über ihren Tisch legte und beharrlich dort klebenblieb. Widerwillig schaute Katharina von ihrem Teller auf. Ein einfältiges Gesicht, das sich mit Nietzsche-Brille, winzigem Unterlippen-Bärtchen und spitzen Koteletten die gewisse urban-raffinierte Note zu geben versuchte, lächelte sie an.

Mit stummem Schrecken erkannte Katharina Hans-Herwig, einen Kollegen aus jenen Tagen, in denen sie an der Freien Universität über Kants kategorischen Imperativ promoviert hatte. Aber was weitaus schlimmer war: Hans-Herwig war jetzt Schriftsteller.

Lässig hängte er den rechten Daumen in die Hosentasche seines ausgebeulten Leinenanzugs.

»Katharina. So so. Wie geht's«, nuschelte er mit geringstmöglichem artikulatorischen Aufwand.

Katharina lächelte flau. »Danke. Und selbst?« Ein Tropfen Olivenöl löste sich von ihrer Gabel und fiel auf Fiffis neugierigen Scheitel. Fiffi zog den Kopf zurück.

Hans-Herwig wechselte das Standbein. Seine Mundwinkel krümmten sich in grenzenlosem Selbstrespekt. »Die letzten Monate waren bei mir knochenhart. Ich arbeite da gerade an einer ganz großen Sache. Aber ich bin jetzt durch.« Er schickte einen kontrollierenden Blick zu den Nachbartischen. Doch die anderen Gäste waren zu sehr mit ihrer eigenen Bedeutsamkeit beschäftigt, um seiner Geistesgröße die nötige Achtung zu erweisen.

»Kann ich mich einen Augenblick zu dir setzen, oder erwartest du noch wen«, fragte er und setzte sich.

»Bitte, bitte«, murmelte Katharina nachträglich.

»Du, diesmal ist es wirklich ein ganz großes Teil.« Hans-Herwig zupfte an seinem Mini-Bärtchen. »Ganz groß.«

Wenn sich Katharina recht erinnerte, war dies Hans-Herwigs *ganz großes Teil* Nummer drei oder vier. Der weitere Verlauf des »Gesprächs« war nun prästabiliert. Sobald Hans-Herwig auf sein jüngstes literarisches Projekt zu sprechen kam, schaltete irgend etwas in ihm auf Autopiloten um.

Katharina kaute stumm weiter.

»Ich kann dir ja mal kurz die Idee skizzieren«, begann Hans-Herwig mit kaum verhohlener Begeisterung. »Also mein Erzähler – Heinz-Ludwig – fällt als Kind beim Spielen in einen Sarg. Sein Onkel ist Sargschreiner.« Er stockte. »Da steckt natürlich schon eine Menge drin. Also Heinz-Ludwig fällt in den Sarg, und der Deckel klappt über ihm zu. Und in dieser Todesangst, in dieser hoffnungslosen Finsternis schießt auf einmal wie, ja, wie ein unglaubliches, phantastisches Feuerwerk sein ganzes künftiges Leben an ihm vorbei. Er sieht, er sieht all die Dinge, die geschehen werden, er sieht seine Mutter, die von einem Auto überfahren wird, er sieht seine erste Frau, sieht sich beim ersten Sex, ja, begreift, was Leben heißt, was Leben bedeutet, ohne jemals wirklich gelebt zu haben.«

Katharina konzentrierte sich darauf, eine Tomatenscheibe in gleichmäßige Sechzehntel zu zerlegen. Sie fragte sich, warum sie Hans-Herwig ausgerechnet stets dann über den Weg laufen mußte, wenn er gerade ein neues Manuskript beendet hatte. Wahrscheinlich hatte er immer gerade ein neues Manuskript beendet. Katharina wertete es als kleinen Fortschritt, daß Hans-Herwigs Erzähler diesmal nur fast tot war. Sein letzter Roman hatte sich im wesentlichen mit der literarischen Möglichkeit oder Unmöglichkeit eines toten Erzählers befaßt.

Im Grunde fand es Katharina unbegreiflich, wieso die deutsche Literaturszene Hans-Herwig immer noch nicht an ihre ausgelutschte Brust gedrückt hatte. Denn jungvertrocknet genug, um bei der alten Mutti warme Gefühle zu wecken, waren er und seine Texte allemal.

Katharina wog das Messer in ihrer Hand. Ihr neuer Radio-Job war ein Glücksfall. Wenn sie mit ihren High Heels durch den menschlichen Alltags-Morast watete, erlebte sie es wenigstens manchmal, daß sie in etwas hineintrat, das noch zuckte und quietschte.

Hans-Herwig hatte sich an den Rand eines Erstickungsanfalls geredet. »Dieser Sturz in den Sarg wird für Heinz-Ludwig zum Sündenfall. Die Menschen um ihn herum spüren die mystische, ja fast dämonische Aura, die der vorher ganz kindliche Knabe nun auf einmal verströmt. Das Leben selbst hat ihn ergriffen, macht ihn zu seinem Sprachrohr. Aber die Menschen fürchten Heinz-Ludwig, sie sperren ihn ein, er wird ein Ausgestoßener, eine totale Kaspar-Hauser-Figur.«

An dieser Stelle gab Katharina Fiffi einen kleinen Tritt in den Arsch. Gehorsam streckte Fiffi seinen Kopf unter dem Tischtuch hervor. Hans-Herwig verschluckte sich.

»Kaspar Hauser. Ganz großer Verweigerer. Ganz großer Ausgestoßener«, redete er mechanisch weiter.

»Und was geschieht mit Heinz-Ludwig dann?« erkundigte sich Katharina freundlich.

»Ja also. Heinz-Ludwig wird eingesperrt.« Hans-Herwig rutschte auf seinem Stuhl herum. Fiffi hatte mehrfach versucht, seinen breiten Schädel auf Hans-Herwigs Knie zu legen. »Aber er lebt. Ich meine, er erlebt all das, was er nicht erlebt, also nicht in Wirklichkeit erlebt, meine ich. Aber diese Wirklichkeit in seinem Kopf, die ist ja auf irgendeine Weise auch wirklich.«

Hans-Herwig wühlte in seiner Jackentasche nach etwas Rauchbarem.

»In dem Stoff steckt ja ganz viel drin«, versuchte er sich wieder zu konzentrieren. »Das ist Kafka, das ist Poe, das ist Shakespeare. – Du, hättest du vielleicht mal ne Zigarette?«

Wortlos hielt ihm Katharina ihre *Camels* hin. Hans-Herwig war einer der zahlreichen Berliner Zeitgenossen, die immer rauchten, aber niemals eigene Zigaretten hatten. Hastig grapschte er nach der Packung.

»Und natürlich ist das auch eine ganz persönliche Geschichte«, sagte er matt.

Die Klospülung gurgelte dezent. Katharina warf ihre Zigarette hinterher und grinste. *Mach aus deinem Klo keine Müllkippe*. Jedesmal, wenn sie einen Zigarettenstummel ins Klo warf, mußte sie an den Aufkleber denken, den in ihrer ersten Berliner WG eine engagierte Mitbewohnerin an die Klotür gepappt hatte.

Sie fragte sich, ob es Fiffi inzwischen gelungen war, Hans-Herwig in die Flucht zu schlagen. Sie gab ihm noch drei Minuten. Sorgfältig erneuerte sie vor dem Waschbeckenspiegel ihren Lippenstift, bevor sie wieder ins Freie stöckelte. Ihr Tisch war leer.

Zufrieden ließ sie sich auf ihren Stuhl fallen. Sie schob ihre Hand unter das Tischtuch, um Fiffi zur Belohnung ein wenig zu tätscheln. Ihr Herz machte einen Sprung. Schneller tastete ihre Hand unter dem Tisch. Nichts. Mit beginnender Panik bückte sich Katharina und hob die Tischdecke an. Fiffi war verschwunden.

Ungläubig schaute sie die Straße hinauf und hinab, starrte inquisitorisch zu den anderen Tischen. Nichts. Die benachbarten Fernseh-, Film- und Mode-Schmeißfliegen summten ungestört unter sich.

Katharina spürte, wie das Entsetzen widerstandslos an ihren enthaarten Beinen emporkroch. Sie konnte es nicht fassen. Niemals würde Fiffi weglaufen.

Aufsteigender Zorn überholte das Entsetzen. Jemand mußte Fiffi mitgenommen haben. Hans-Herwig.

Katharina kicherte hysterisch. Fiffi und Hans-Herwig. Hans-Herwig mit Fiffi an der Leine. Herr und Hund. Es war unmöglich.

Mit brennenden Augen starrte sie in ihren *Brunello*. Eine salbungsvolle Stimme mit roter Brille blubberte an ihr Ohr. Am liebsten hätte sie den Would-be-Wenders vom Nachbartisch mit seinem Fischmesser erdolcht.

2

Katharinas Absätze klackten im gekachelten Hausflur. Als sie heute nachmittag das Haus mit Fiffi verlassen hatte, hatte sie das Geräusch beschwingt. Jetzt erschien es ihr wie die Pizzicati im langsamen Satz einer Mahler-Sinfonie.

Das freudlose Klacken erstarb, als Katharina die mit Sisalteppich belegten Treppenstufen betrat. Sie zögerte. Eine kleine verzweifelte Idee hatte sich in ihrem Hirn gemeldet. Sie stakste durch den Flur in Richtung Hinterhof.

Die überquellenden Mülltonnen stanken in der lauen Sommernacht. Der Mond war nikotingelb. Eine greinende Katze drückte sich an Katharinas Waden. Katharina versetzte ihr einen Tritt. Das Tier sprang fauchend hinter die Mülltonnen.

Im dritten Stock des sogenannten *Gartenhauses* (Berliner Garten-Obsession!) gingen Lichter an. Eine rauchigmüde Frauenstimme rief: »Minka! Scheißvieh! Halts Maul, oder ich komm runter!«

Katharina drehte sich um. Ihre Absätze ächzten. Sie wußte nicht mehr, warum sie überhaupt in den Hinterhof gegangen war. Fiffi hatte den Hof immer gemieden. Er fürchtete die Hinterhauskatzen.

Die Wohnung war leer. Katharina ließ sich auf die rote Recamiere im Wohnzimmer fallen und streifte die Stilettos ab. Von der gegenüberliegenden Wand zielte Marlene mit ihrem Gewehr. Fernseher und Videogerät schliefen unter dem Fenster. Ein Uhr neunzehn. Noch früh am Tag. Katharina massierte ihre schmerzenden Zehen.

Sie hatte keine Ahnung, wo Hans-Herwig wohnte. Sicher irgendwo im Prenzlauer Berg. Noch weniger Ahnung hatte sie, ob er ein Telefon besaß. Sie wußte nicht einmal mehr, wie er mit Nachnamen hieß.

Wütend schleuderte Katharina ihre Schuhe in die Ecke. Es war eines der ehernen Gesetze dieser Stadt, daß man Leute immer nur dann traf, wenn man sie nicht treffen wollte. Sobald man anfing, nach ihnen zu suchen, lösten sie sich in dreckige Berliner Luft auf.

Katharina schrak aus dem Schlaf. Sie hatte mit Hans-Herwig Verstecken gespielt. In einer Sargschreinerei. Es kratzte an der Tür. Katharina hielt den Atem an. Wieder hörte sie das bettelnde, unsichere Geräusch. Sie sprang aus dem Bett. Erst im Flur merkte sie, daß sie nackt war. Sie drosselte den Schritt, straffte die Schultern. Ihre Nasenflügel blähten sich vorwurfsvoll. Mit zwei Handgriffen öffnete sie die Verriegelung und riß die Tür auf. Ein Mann fiel in die Wohnung.

Katharina machte einen Satz zurück. Der Mann rappelte sich umständlich auf. Seine rechte Hand ballte sich um den Schraubenschlüssel, mit dem er im Türschloß herumgestochert hatte.

Katharina brauchte einige Sekunden, um den Eindringling im dunklen Wohnungsflur zu erkennen. Andreas. Ein lange schon abgelegter, gleichwohl immer penetranter werdender Interims-Lover. Katharina hatte ihn zwei- oder dreimal durchs Bett geschleift. Andreas mußte damals irgend etwas falsch verstanden haben.

»Verpiß dich!« Katharina gab sich Mühe, ihre Enttäuschung zu verbergen.

Andreas lächelte siegesgewiß. Der Schraubenschlüssel wippte auf seinem Handteller.

»Verpiß dich, du Flachwichser!«

Mit blitzschneller Bewegung packte Andreas Katharina an den nackten Knöcheln. Sie stürzte. Noch während sie schrie, öffnete sich die benachbarte Wohnungstür. Eine spitze Nase schob sich in den Türspalt. »Alles in Ordnung bei Ihnen, Frau Sommering?«

Katharina trat Andreas einmal kräftig in die Leistengegend und stand auf. Als sie sich mechanisch den Staub von den Kleidern klopfen wollte, fiel ihr zum zweiten Mal auf, daß sie keine anhatte. Sie lächelte dem klapprigen Rentner durchs dunkle Treppenhaus zu.

»Alles in Ordnung, Herr Sawatzki. Tut mir leid, wenn wir Sie geweckt haben. Mein kleiner Bruder ist zur Zeit ein bißchen übermütig.«

Katharina schnappte nach der Türklinke. Sie fragte sich, ob sie mit Herrn Sawatzkis Nachbarschaftshilfe auch rechnen durfte, wenn sie in bekleidetem Zustand überfallen werden sollte. »Ich verspreche Ihnen, das nächste Mal machen wir die Tür zu, bevor wirs im Flur treiben. Gute Nacht.«

Der Witwer zog sich ohne weiteren Kommentar in seine vier Wände zurück.

Andreas blickte Katharina mit feuchten Augen an. »Katharina, du gehörst zu mir. Warum begreifst du denn nicht. Es war doch so schön. Mit uns.«

Katharina wandte sich angewidert ab. Sie wußte, warum sie Andreas bereits nach drei Nächten den finalen Arschtritt verpaßt hatte. Die klebrige Anhänglichkeit eines Dackels konnte sie einfach nicht ertragen.

»Hau ab«, murmelte sie, schlich ins Schlafzimmer und knallte hinter sich die Tür zu. Schluchzend warf sie sich auf den Futon. Sie wollte Fiffi wiederhaben. Ihren richtigen Hund.

»Wat is los? Könn Se nich n bißchen lauter reden?« Die Stimme am anderen Ende der Leitung gähnte.

»Ich möchte eine Vermißtenanzeige aufgeben.« Katharina versuchte höflich zu bleiben. Trainingsweise lächelte sie ihren leeren Kaffeepott an. »Mein Hund ist seit gestern abend verschwunden. Ich denke, daß ihn jemand entführt hat. Können Sie mir vielleicht sagen, an wen ich mich in dieser Angelegenheit wenden muß?«

Katharina sah den Beamten durchs Telefon hindurch grinsen. »Sin wa hier det Tierheim oder wat? Vielleicht rufen Se lieber ma in Lankwitz an.«

»Hallo? – Hallo?«

Der freundliche Polizist hatte eingehängt.

Katharina pfefferte den Hörer auf die Gabel. Das Telefon rutschte vom Küchentisch und blieb wehleidig tutend am Boden liegen.

»Ach halts Maul!« Katharina wickelte sich enger in ihren Kimono. Schlechtgelaunt starrte sie in den übernächtigten Berliner Morgenhimmel. Kein Hund zum Schrippenkaufen. Kein Hund zum Kaffeekochen. Kein Hund zum Geschirrspülen.

Wie ein Zimmerspringbrunnen plätscherte das Badewasser vom Wannenrand auf den Kachelboden. Katharina lag reglos in dem aquamarinblauen Wasser. Sie liebte es, in überlaufender Wanne zu baden. Fiffi hatte es ihr in den letzten Monaten leichtgemacht, ihrer Leidenschaft ohne Wasserschaden zu frönen. Sobald er gehört hatte, daß Wasser auf die Fliesen plätscherte, war er angesprungen und hatte es aufgeleckt.

Mühsam streckte sich Katharina nach dem Hahn. Den ganzen Nachmittag hatte sie kreuz und quer durch Berlin und seine wie Unkraut wuchernde Kleinverlagsszene telefoniert. Niemand hatte etwas gewußt. Weder von Hans-Herwig. Noch von Fiffi. Berlin war eine Geisterstadt.

Katharina drehte sich auf den Bauch. Insgeheim hatte sie gehofft, Fiffi würde vor ihrer Wohnungstür sitzen, wenn sie am Abend nach Hause kam.

Sie ließ den großen Schwamm ins Wasser fallen und verfolgte, wie er langsam sank. *Such-den-Schwamm* war eins von Fiffis Lieblingsspielen gewesen. Begeistert hatte er sich über den Wannenrand gehängt, seinen breiten Schädel unter Wasser getaucht, den Schwamm mit den Zähnen gepackt und wieder an die Oberfläche geholt. Katharina lächelte. Einmal wäre Fiffi fast ertrunken, weil sie den Schwamm zwischen ihren Beinen festgeklemmt hatte, und er – als guter Hund – lieber ersoffen wäre, als ohne den Schwamm an die Luft zurückzukehren.

Katharina wühlte in ihrem Kleiderschrank. Langes Warten machte sie nervös. Sie mußte Fiffi suchen gehen. Zu diesem Zweck zwängte sie sich in ein knappes schwarzes Lederhöschen und Lackbustier.

Bevor Katharina Fiffi bei sich aufgenommen hatte, war er der bekannteste Hund der Berliner Lack- und Lederszene gewesen. Katharina hatte Fiffis Herumstreunerei ein Ende gesetzt. Vielleicht hatte ihn eine dunkle Gestalt aus seiner Vergangenheit eingeholt.

Katharina warf sich ins Auto und steuerte den nächstgelegenen Sado-Maso-Schuppen an. Wie schwarz getarnte Fliegenpilze waren in den letzten Jahren SM-Läden, -Cafés und -Clubs aus dem Berliner Boden geschossen. So wie früher jeder Kiez seine Stadtteilbibliothek, sein Stadtteilschwimmbad und seine eigene Volkshochschule gehabt hatte, so hatte nun jeder Kiez seine eigene SM-Einrichtung.

Normalerweise mied Katharina dergleichen Lokalitäten strikt. Sadisten waren dort nur diejenigen, die sich diese Schreckensstuben ausgedacht hatten. Masochisten waren alle, die freiwillig hingingen.

Katharina parkte ihren BMW in der Pestalozzistraße im Halteverbot, zog ihr Lederhöschen stramm und stieß die Tür zu einem verrauchten »Café« auf, das den sinnreichen Namen *SMall-Talk* trug.

Der liebevoll zum Grottenrelief gezupfte Gipsverputz an den Wänden verriet unzweideutig die frühere Karriere dieses Ortes als Kiez-Italiener oder Kiez-Grieche.

Auch Mobiliar und Publikum hatten sich seit den Tagen, in denen dieser Schuppen noch *Al Camino* oder *Bei Kostas* geheißen hatte, nur unwesentlich geändert. Auf den Tischen lagen jetzt statt der rot-weiß-karierten Tischdecken schwarze Wachstücher. Die Strapsmäuschen, die unter der strengen Aufsicht ihrer in Leder gequetschten Ehemänner an *Schultheiss*-Bier nippten, hießen immer noch Samantha oder Mandy. Es stank nach Schweiß und Gummi. Ansonsten amüsierte man sich prächtig.

The dark side of Charlottenburg. Katharina drückte sich zwischen dem dicken Schankwirt im Lederwämschen und dem offensichtlichen Prachtstück des Ladens, einem Barhocker mit erigiertem Mega-Dildo, vorbei. Vom Vormieter zurückgelassene Spielautomaten blinkten und fiepten an den Wänden. Im hinteren Teil des »Cafés« entdeckte Katharina eine bekannte Gestalt.

Ingmar war ein schwedischer Hüne, der mit hochtoupierter Blondfrisur und schwarzen Achtzehn-Zentimeter-Lackpumps locker zwei Meter zwanzig an die Meßlatte stellte. Obwohl Katharina und er sich nur flüchtig kannten, freute er sich wie ein kleines Kind, als sie auf ihn zukam. Er stemmte sie in die Luft, setzte sie vorsichtig wieder auf dem Boden ab und drückte sie an seine Gummibrust. Katharina ließ es lächelnd über sich ergehen. Irgendwie rührte sie der sanfte Riese in Kriegsbemalung. Sie hätte ihre Hand dafür ins Feuer gelegt, daß sich hinter dem martialischen Latexkorsett eine der gutmütigsten Seelen Berlins verbarg.

Eine zweite breitschultrige Hetero-Transe verfolgte die Begrüßungszeremonie vom Tresen aus. Mißtrauisch nestelte sie an ihrem Gummistrumpfband. Katharina erinnerte sich dunkel, sie damals interviewt zu haben, als sie das Feature über Berlins härteste Transen gemacht hatte.

Ingmar war innerhalb weniger Sekunden heftig am Erzählen – von irgendwelchen *Gay-Bi-Lesbian-Techno-Trance*-Abenden, und wie er jetzt seinen eigenen SM-Club eröffnen wollte, und Katharina spürte, wie ihr die gurrende Zarah-Leander-Stimme langsam unter das Lackbustier kroch. Kurz bevor der Redefluß sie endgültig in orgasmusnahe Gewässer getragen hatte, fragte sie nach Fiffi.

Ingmar riß die schwarzumrandeten Augen auf. Er stützte einen Arm in die Hüfte. Seine Reitgerte schnalzte ungläubig. »Aber nein. Kann nickt sein. Fiffi verswunden? Gute alte Fiffi verswunden?«

Katharina nickte.

Ingmar klatschte sich mit der Gerte auf den lederberockten Arsch und warf den Blondschopf zurück. »Nein. Ick habe Fiffi nickt gesehen. Seit Monaten nickt.« Hüftschwenkend drehte er sich um. »Pascal! Pascal! Hast du gehört! Fiffi son wieder weg! Weißt du was von Fiffi?«

Die mächtige Transe am Tresen zuckte die latexgrauen Schultern. Majestätisch wie eine schwangere Elefantenkönigin stöckelte sie zum Ausgang. Als Katharina sich endlich von Ingmars neuerlichen Zuneigungsbekundungen befreit und nach draußen gedrängt hatte, war die gewaltige Figur verschwunden.

Die zweite Nacht ohne Fiffi brach an. Katharina ruderte unruhig auf der Matratze herum. Nicht, daß sie Fiffi jemals erlaubt hatte, bei ihr im Bett zu übernachten. Aber sie vermißte das gute Gefühl, ihn in der Küche zu wissen, ihn und seine sanft genoppte Zunge jederzeit mit drei Fingern herbeischnalzen zu können. Die verwaisten Wolldecken unter der Küchenspüle hatten ihr einen Stich gegeben.

Reglos starrte Katharina an den Stuckfries, der unter

der hohen Zimmerdecke entlanglief. Sie hatte Fiffi sein hilfloses Hundeleben aus den Händen genommen. Aus Dankbarkeit hatte er sie dafür in Ruhe gelassen. Jenseits der Alltagsgeschäfte hatte sie nichts von ihm gewollt. Und er nicht von ihr. Die perfekte Beziehung.

Katharina lachte. *Wenn Gott gewollt hätte, daß der Mensch zu zweit durchs Leben geht, hätte er ihn vierbeinig erschaffen.* Mit sechzehn, unter dem schockierten Eindruck der ersten, aus feuerrot-pickligem Jungengesicht gestammelten Liebeserklärung, hatte sie den Spruch in ihr Tagebuch geschrieben.

Männer wie Andreas glaubten immer noch, ihre Minderwertigkeit überspielen zu können, indem sie Heiratsanträge wie teuer gedruckte Visitenkarten verteilten. Katharina begann, die Weinblätter an der Decke zu zählen. Viele Andreasse waren ihr in ihrer bisherigen Laufbahn untergekommen. Jeder hatte an ihr geklebt wie Kaugummi. Jeder hatte von der Liebe gefaselt. Alle außer Fiffi.

Der Reklamescheiß in ihrem Briefkasten quoll Katharina bereits entgegen, als sie den Hausflur betrat. Sie hatte die Handvoll billig gedruckter Heftchen und Flyer in den Papierkorb geworfen, als ihr Blick auf ein Blatt fiel, das weder nach einer Stadtteilzeitung noch nach Werbung für eine Butterfahrt in den Spreewald aussah. Schwarze und rote, aus Illustrierten ausgeschnittene Buchstaben klebten auf schlichtem weißen Papier.

Katharina runzelte die Stirn. Einige der Buchstaben waren verschrumpelt und eingerissen. Dennoch konnte sie ohne größere Mühe entziffern, was die liebevolle Bastelarbeit ihr mitteilen wollte.

SCHEISSFOTZE! WIR HABEN FIFFI! BETE, DASS WIR IHN WIEDER KURIEREN! SONST BIST DU

DRAN! GEZ. BERLINER HUNDESCHUTZVEREIN E.V.

Die Falten auf Katharinas Stirn furchten sich tiefer. Sie beschloß, daß die Botschaft nur komisch gemeint sein konnte. Vom Berliner Humor hatte sie noch nie etwas gehalten. Einer der Idioten, die sie in den letzten Tagen nach Fiffi gefragt hatte, mußte sich diesen kleinen Scherz erlaubt haben.

Die Dosensuppe köchelte widerwillig. Orangerote Spritzer rahmten den Topf wie eine Gloriole. Fiffi war ein wunderbarer Küchen-Hund gewesen.

Das Telefon klingelte erstickt. An einem unbekannten Ort. Katharina mußte mehrere Berge alter Zeitschriften und schmutziger Wäsche durchwühlen, bevor sie es fand. Als sie den Hörer abhob, war die Leitung tot.

Die Tomatensuppe war unterdessen angebrannt. Die beiden tiefen Teller, die Katharina besaß, waren dreckig. Sie löffelte die Suppe aus dem Topf. Ein großer Spritzer landete auf ihrem Hemd. Wütend knallte sie den Topf in die Spüle. Aus den Tiefen des vollgeladenen Beckens antwortete ein trockenes Knacken.

Katharina schrie auf. Sie bückte sich, zerrte unter der Spüle einen großen Müllsack hervor und begann besinnungslos, Zeitungen, schmutzige Wäsche, verfaultes Gemüse und dreckiges Geschirr in den Sack zu stopfen. Den vollen Sack warf sie sich über die Schulter und schleppte ihn in den Hof.

Da die Tonnen für den »Normalmüll« erfahrungsgemäß immer voll waren, ging Katharina gleich zu einer der Recyclingtonnen.

Wahrscheinlich würde morgen früh wieder ein Zettel am schwarzen Brett hängen, auf dem sich Frau Siebenhaar aus dem Vorderhaus beschwerte, daß »der- oder diejenige, der/die seinen/ihren unsortierten Müll bzw. Sperrmüll (!!) in die Reststofftonne (!!!) gekippt hatte, doch mal darüber nachdenken solle, ob sein/ihr Verhalten nicht unheimlich unfair und unsolidarisch gegenüber denjenigen MitmieterInnen war, die sich die Mühe machen würden, ihren Müll wie verantwortungsbewußte BürgerInnen zu trennen.«

Etwas besser gelaunt klappte Katharina den gelben Deckel zu. Wenn Frau Siebenhaar morgen ihren richtig guten Tag hatte, würde sie sogar ihre Naturkautschuk-Handschuhe anziehen und Katharinas Müll sortieren.

Als Katharina die Wohnungstür aufschloß, klingelte wieder das Telefon. Sie sprintete zum Hörer.

»Ja, hallo«, stieß sie abgehetzt hervor. Nichts. Am anderen Ende der Leitung atmete es schwach.

»Fiffi?« fragte sie scharf. Das Atmen wurde heftiger.

»Verdammt noch mal, du Idiot!« Katharina versuchte weder besorgt noch erleichtert zu klingen. »Scheiße! Machs Maul auf!«

Am anderen Ende der Leitung lachte es höhnisch.

Katharina hielt sich die Ohren zu. Es war kurz vor halb vier. Das Telefon läutete mit der Penetranz einer Alarmglocke. Zuerst hatte sie den Anrufbeantworter angeschaltet. Nachdem die stummen Anrufe dennoch nicht aufgehört hatten, hatte sie das Telefonkabel aus der Wand gezogen. Erst vor fünf Minuten hatte sie den Apparat wieder eingestöpselt. Sie wußte nicht, warum sie es getan hatte.

Katharina verbarg den Kopf unter einem Kissenberg. In ihren Ohren schrillte es weiter. Mit Zornestränen in den Augen schleuderte sie die Kissen beiseite und riß den Hörer von der Gabel. »Du blöder Wichser! Hol dir endlich einen runter und laß mich in Ruhe!«

Wieder erklang das sardonische Lachen.

»Puppe, ich glaub, du verstehst da was falsch. Von einer wie dir würd ich mir nich mal durchs Telefon einen blasen lassen.« Die arrogante Stimme gluckste. »Dachte nur, es würd dich vielleicht interessieren, was Fiffi gerade so treibt.« Das Glucksen steigerte sich zu brüllendem Gelächter. Der Anrufer hängte ein.

Katharina starrte auf den Telefonhörer in ihren schweißnassen Händen. Irgendwann, irgendwo hatte sie die Stimme schon einmal gehört.

Als es hell wurde, hatte Katharina vor der Dialektik von Herrin und Hund kapituliert. Sie wollte Fiffi wiederhaben. Also mußte sie Fiffi befreien.

Müde wanderte Katharina durch die leere Wohnung. Sie versuchte sich einen Kaffee zu kochen. Im Hof trennte Frau Siebenhaar ihren Müll. Es war ihr egal.

Immer und immer wieder durchforstete sie ihre Gehirnstollen nach der Stimme vom Telefon. Sie kannte die Stimme. Sie wußte, daß sie sie kannte. Aber das Gesicht zur Stimme, ihr Name wollte sich nicht zeigen. Jedesmal, wenn sie die Hand nach ihm ausstreckte, entschlüpfte er wieder. Die Erinnerung spielte Hasch-mich mit ihr.

Katharina sprang unter die Dusche, warf sich in die nächstbesten Klamotten, schmiß die Wohnungstür zu, hastete die Treppen hinunter und startete ihren BMW, den sie auf dem benachbarten Bürgersteig geparkt hatte. Ihr graute vor dem, was jetzt zu tun war. Doch ihr blieb keine andere Wahl. Sie mußte in den Sender fahren und ihre alten Tonbänder abhören. Sie war sicher, daß sie die Stimme in einem ihrer Beiträge finden würde.

Im Sender war die Hölle los. Irgendeine englische Boy-Group hatte beschlossen, sich aufzulösen. Berlins weibliche Teenies drohten mit kollektivem Selbstmord. Ein Mädel war am Morgen in den Landwehrkanal gesprungen und hatte sich dabei den Knöchel gebrochen. Ein anderes hatte sich am Bahnhof Zoo auf die Gleise geworfen und damit einen mehrstündigen Zusammenbruch des gesamten S-Bahn-Verkehrs auf der Strecke Wannsee-Ostkreuz provoziert. Berlins Familiensenatorin hatte die Rundfunkstationen dringend gebeten, Rund-um-die-Uhr-Sorgentelefone einzurichten. Halbstündig informierten Sondermeldungen über den letzten Stand der Dinge.

Katharina lehnte sich in ihrem Bürosessel zurück. Vor ihr lagen die Pin-up-Bildchen der vier britischen Machos light, die die weltweite Hysterie verursacht hatten.

Obwohl ihr nicht danach zumute war, mußte sie grinsen. In ihrem alten Beruf wäre sie vermutlich gerade damit beschäftigt gewesen, über die drohende Auflösung des westdeutschen PEN-Clubs zu menetekeln. Sie versuchte sich die Berlinerin vorzustellen, die deswegen vor den Zug sprang.

Leichter Schwindel erfaßte Katharina, als sie die fünf mit Tonbändern vollgepackten Rollwagen sah, die ihr die Praktikantin aus dem Archiv geholt hatte. *Wenn Katzen zu sehr lieben. Männer einmal anders. Wird das neue Berlin eine Ruinenstadt? Alte Leichen im Landwehrkanal. Wenn der Oberbürgermeister mit der Panda-Bärin ... Hausfrauen nachts um halb eins.*

Katharina steckte sich eine Zigarette an und inhalierte nervös. Mit fahrigen Bewegungen begann sie, diejenigen Bänder auszusortieren, auf denen garantiert keine

Männerstimmen waren. *Mädels schlagen zurück. Die letzte Nonne von Spandau. Die alte Dame vom Kurfürstendamm.* Katharina zögerte. Sie konnte sich nicht mehr erinnern, ob sie für ihren Beitrag über die angebliche Verarmung Hildegard Knefs nicht auch ein paar Männer interviewt hatte. Unschlüssig drehte sie die Schachtel in ihren Händen.

Der Stapel mit den männerfreien Bändern war erschreckend klein. Zum ersten Mal in ihrem Leben wünschte sich Katharina, sie würde für *Radio Sappho* oder irgendeinen anderen Frauensender arbeiten.

Sie stellte das Hildegard-Knef-Band auf den Rollwagen zurück. Die Vorstellung, Fiffis Dognapper auf einem dieser Tonbänder gespeichert zu haben, fing an, sie zu erregen. Schneller überflog ihr Zeigefinger die Rükkenetiketten. *Nachts bin ich ein Schlächter. Ich habe Sex mit meiner Schwiegermutter.*

Katharina hatte die Stirn in beide Hände gestützt. Den ganzen Tag lang waren zahllose Stimmen wie ein Geister-Chor durch ihren Kopf hindurchgezogen. Häßliche Stimmen. Grobe Stimmen. Ordinäre Stimmen. Pikierte Stimmen. Verklemmte Stimmen. Die Stimme von letzter Nacht hatte sie nicht gehört. Ihr brummte der Schädel. Mehr als hundert Tonbänder lagen noch vor ihr. Der Müll der Stadt in Endlosschleife.

Katharina streifte sich die Kopfhörer von den Ohren und stand auf. Es war spät geworden. Sie mußte dringend was trinken. Die Vorräte in ihrem Schreibtisch waren aufgebraucht. Die Kantine hatte lange schon geschlossen.

Katharina verließ das Sendergebäude, in dem nur noch die kleine Nachtschicht arbeitete, und ging über die Straße. An der Tankstelle kaufte sie einen schlechten

Merlot. Es gelang ihr, den Kassierer zu überreden, die Flasche für sie zu öffnen. Sie setzte sich auf eine niedrige Betonmauer neben der Sendereinfahrt.

Es war eine schwüle Nacht. Der Mond hielt sich hinter schwarzen Wolken versteckt. Katharina nahm einen langen Schluck. Zum ersten Mal kam ihr der Gedanke, daß Fiffi vielleicht tot war. Daß sein weicher unbeholfener Körper irgendwo hier draußen auf einer Müllhalde lag. Geschlachtet, aufgeschlitzt, ausgeweidet. Ein leerer Hundebalg. Mit großen ratlosen Augen. Etwas in ihren Augenwinkeln begann zu brennen.

Katharina ließ die halbvolle Flasche im Rinnstein stehen und kehrte an ihren Arbeitsplatz zurück. Die braun schimmernden Tonbänder zerflossen vor ihren Augen. Blind hörte sie sich durch ihren Archivberg. Ließ die Stimmen an sich vorübergleiten, ohne den Inhalt der Worte wahrzunehmen.

Katharina riß die Augen auf. Sie hatte die Stimme gehört. Vielleicht war sie eingeschlafen. Die eingelegte Tonbandspule drehte sich gleichmäßig. Sie war beinahe am Ende. Katharina drückte die Stop-Taste. Das Band spulte im Schnelldurchlauf zurück.

Das Lachen. Es war das Lachen. Höhnisch und affektiert. Katharina sprang von ihrem Stuhl auf.

»Weißt du, ich bin Mann. Manchmal bin ich ganz Mann. Ein echter Mann.« In ihren Kopfhörern schrillte hysterisches Lachen. »Ich steh da auch zu. Ich hab da kein Problem mit. Und wenn ich Frau bin, bin ich sogar noch mehr Mann. Frau mit Schwanz. Das Superweib mit Schwanz. Der Superhammer.« Das Lachen kippte in schräges Falsett.

Katharina griff nach der Schachtel, aus der sie die Tonbandspule herausgenommen hatte. *Berliner Tran-*

sen im Härtetest, las sie auf dem schmalen Rückenetikett.

Die neuen Reifen von Katharinas BMW quietschten wie Schweine auf der Schlachtbank. Drei Uhr zwanzig. Die Ampel am Ende der Marchstraße sprang auf Rot. Katharina gab Gas. Im Osten zog ein ungesund fleischiges Rosé herauf.

Katharina betete, daß die Adresse noch stimmte, die sie in ihren damaligen Interviewunterlagen notiert hatte.

Der BMW flog über die Gotzkowskybrücke. Die Beusselstraße war noch ausgestorben. Nur zwei entgegenkommende LKWs verrieten die Nähe von Westhafen und Güterbahnhof. Katharina schaltete in den dritten Gang zurück.

Nummer 74 war ein schmutziggraues Vier-Etagen-Fabrik-Gebäude. Katharina rangierte ihren BMW durch den steinernen Torbogen. Die Durchfahrt zum zweiten Hinterhof war von einem parkenden LKW versperrt. Katharina stellte den Motor ab, sprang aus dem Wagen und ging zu Fuß weiter.

Zwei Fenster in einem der oberen Stockwerke waren erleuchtet. Katharinas Absätze klackten schneller über den löchrigen Asphalt. Neben dem türlosen Hauseingang hingen verwitterte Firmenschilder. Katharina kramte ihr Feuerzeug aus der Handtasche. Im Schein der Flamme konnte sie den Namen entziffern, nach dem sie gesucht hatte.

PASCAL RESCHER
SCHREINER- UND TISCHLERARBEITEN
DREI TREPPEN LINKS

Das zugig feuchte Treppenhaus jagte Katharina Kälteschauer über den Rücken. Obwohl sie schnaufend aufwärts stieg, hatte sie das Gefühl, mit jedem Schritt tiefer in eine Gruft hinabzusteigen. Weberknechte, Motten und Nachtfalter schwirrten um die funzligen Lampen. Die unteren Fabriketagen schienen leer zu stehen. Kurz bevor Katharina den dritten Stock erreichte, ließ ein ungewohntes Gewicht an ihrem rechten Schuh sie anhalten. Sie bückte sich. Eine tote Maus hatte sich an ihrem Stilettoabsatz aufgespießt.

Katharina fuhr herum. Die Katze auf dem Fensterbrett maunzte sie vorwurfsvoll an.

»Selbst schuld, wenn du dein Frühstück im Weg rumliegen läßt«, knurrte Katharina zurück und stieg die letzten Stufen hinauf. Die Katze sprang vom Fensterbrett, huschte an ihr vorbei und blieb schreiend vor einer roten Stahltür sitzen.

Noch bevor Katharina Zeit hatte, sich das Weitere zu überlegen, flog die Tür auf.

»Süße, hast du dich wieder rumgetrieben, ts, ts, ts.« Der blondgelockte Riese mit dem dezent geschminkten Gesicht schrak zurück, als er sah, daß seine Katze Besuch mitgebracht hatte. Doch der Schrecken währte nicht lange. Als der Riese Katharina erkannte, wurde sein Grinsen breiter als seine Schultern. Die Katze rannte immer noch greinend zwischen seinen Beinen hindurch und verschwand in der Wohnung. Das graue T-Shirt über der durchtrainierten Männerbrust spannte sich. Die Transe war in Zivil.

»Zwei Süße auf einen Streich. Na so ne Überraschung. Unsere rasende Reporterin. Tag und Nacht im Einsatz.«

Und wieder hörte Katharina das Lachen, das sie seit gestern nacht verfolgte. Sie machte einen Ausfallschritt nach vorn. Ihr rechtes Knie krachte gegen die Stelle, an der sich die verwaschenen Jeans vor ihr teilten.

Der blonde Riese lachte heftiger. »Stahlkappentanga, Süße, Stahlkappentanga!« Die Lachtränen ließen seine Wimperntusche zerlaufen.

»Rück Fiffi raus, und ich verschwinde!«

Katharina faßte sich an ihr pochendes Knie. Die grausame Lache schepperte in ihren Ohren. Sie verspürte den Drang, das Lachen mit beiden Fäusten totzutrommeln. Ein letzter Rest Realitätssinn warnte sie vor dem Nahkampf mit dem V-förmigen Muskelgebirge.

»Ich will Fiffi sehen!«

Mit ironischer Verbeugung komplimentierte sie der Riese hinein. Katharina ging durch einen kahlen Flur, von dem mehrere undefinierbare Räume abzweigten und der sich am Ende zu einer großen Werkstatt öffnete. Durch die hohen Fabrikfenster fiel vages Dämmerlicht. An den Wänden lagerten Bretterstapel. Der nackte Betonboden war mit Hobelspänen bedeckt.

Katharinas Blick fand wie von selbst die gewaltige Werkbank in der Mitte der Halle. Ein grob gezimmerter Sarg stand darauf. Aus der Sargkante, die über die Werkbank herausragte, tropfte eine dunkle, zähe Flüssigkeit.

Zögernd ging Katharina näher. Zuerst roch sie es nur. Dann hörte sie die Fliegen, die über dem offenen Sarg ein spätes Nachtmahl feierten. Eine eiserne Kralle quetschte Katharinas Magen zusammen. Sie war nahe genug an die Werkbank herangetreten, um nun auch sehen zu können. In dem Sarg lag ein roher, wütend zerfetzter Fleischberg.

»Du Schwein.« Die Worte krochen ihr über die Lippen, ohne daß sie es merkte. »Du Schwein. Was hast du mit Fiffi gemacht.«

»Schwein! Ha ha!« Der Schreiner schlug sich vor Lachen auf die Schenkel. »Schwein ist gut!«

Ein jäher Schwindel zwang Katharina, sich an der Schlachtbank abzustützen. Ihr Hirn propellerte. Ihre Stilettoabsätze schienen ihr auf unheimliche Weise in die Höhe zu schießen. Das Blut donnerte durch ihre Adern.

Am hinteren Ende der Werkstatt öffnete sich eine Tür. Katharina hörte es nicht. Sie hob den Kopf erst, als die besorgte Stimme der Transe quer durch die Halle rief: »Mutti! Haben wir dich geweckt! Das tut mir schrecklich leid!«

Der Riese eilte durch die Werkstatt. Aus der Tür trat eine silberhaarige Frau in Negligé und übergeworfenem Nerzmantel. Die zerbrechliche Greisin lächelte und ließ sich von ihrem Sohn ans Herz drücken.

Katharina faßte sich an die Stirn. Venus im Pelz. Greise Charlottenburger Venus im Pelz. Ihre fieberhafte Gedächtnisjagd wurde durch einen Überraschungsschrei aus ihrer eigenen Kehle beendet. In der Tür war eine zweite Gestalt erschienen. Eine gedrungene Gestalt mit demütig gesenktem Kopf. Eine Gestalt, die ein schwarz glänzendes Hundehalsband hinter sich herschleifte.

»Fiffi!« Die unerwartete Erleichterung ließ Katharinas Stimme beben. »Da bist du ja! Gott sei Dank!« Sie atmete tief aus.

Der verloren geglaubte Hund machte keinerlei Anstalten, seine alte Herrin zu begrüßen. Den Kopf unverändert gesenkt, hielt er der greisen Venus die Hundeleine hin.

Katharina klappte der Kiefer nach unten.

»Fiffi«, herrschte sie ihn an, »Fiffi, was fällt dir ein! Komm sofort her!«

Lächelnd legte die Venus Fiffi die Leine um und streifte das Schlaufenende über ihr Handgelenk.

Fiffi hob langsam den Kopf. Er blickte Katharina an. In seinen Augen lag ungewohnter Trotz.

»Nein«, sagte er in seinem ungelenken slawischen Tonfall und schüttelte den kahlrasierten Schädel, »nein, ich nicht komm zurück.«

Katharina machte einige Schritte um die Werkbank herum. »Bitte? Ich glaub, du spinnst! Natürlich kommst du mit! Und zwar auf der Stelle!«

Fiffi verschränkte die Arme vor der fleischig weißen Brust. »Nein, du mich gesucht. Du Sorgen gehabt. Das falsch. Herrin nie darf Sorgen haben wegen Hund. Hund weg: egal. Darf keine Sorgen haben wegen Hund. Herrin befiehlt. Hund ist nur Hund.«

Katharina hatte Fiffis Ausführungen ungläubig gelauscht. Noch nie hatte sie ihn so viel reden gehört. Ihre Miene verfinsterte sich schlagartig. »Du jämmerlicher Fußabtreter«, zischte sie. »Du wagst es, mir Vorträge zu halten, wie ich dich zu behandeln habe?« Sie stieß einen Lacher aus, von dem sie selbst merkte, wie unsicher er klang. Katharina straffte ihre Schultern. Drohend schritt sie auf Fiffi zu. »Du meinst also, ich hätte mir zu viele Sorgen um dich gemacht! Ich werd dir zeigen, was für Sorgen ich mir gemacht habe!« Sie riß den breiten Ledergürtel aus ihrer Jeans. »Los, komm her, du Miststück! Hol dir deine Sorgen bei mir ab!«

Fiffi war auf die Knie gegangen. Fragend blinzelte er zu der greisen Venus hinauf. Seine stumpfe Nase zitterte.

Die alte Dame streichelte ihm über den Kopf. »Fiffi hat recht«, sagte sie mit einer Stimme wie feines Sandpapier, »Sie haben Fiffi verspielt. Sie sind keine Herrin.« Die Greisin schaute Katharina abschätzig an. »Das habe ich gleich gespürt, als ich Sie mit Fiffi gesehen habe. Damals im *Kranzler.*« Katharina machte einige halbherzige Schritte nach vorn. Die Schmirgelstimme ließ sie abermals stehenbleiben. »Ihnen fehlt die Kraft, einen Hund zu besitzen«, schleuderte ihr die graue Venus entgegen. »Deshalb habe ich Fiffi heimgeholt. Heim zu meinem Sohn. Er ist eine gute Herrin für Fiffi.« Sie lehnte sich an die breite Brust des Schreiners. Der Schreiner legte ihr den Arm über die Schulter. Fiffi kauerte sich zu beider Füße.

»Es war dumm von Fiffi, meinem Sohn wegzulaufen«, sagte die Greisin mit milder Nachsicht. »Bei Ihnen hat er nicht bekommen, was er braucht. Aber nun ist er ja wieder glücklich bei uns.«

Katharina spürte, wie sich der Propeller in ihrem Hirn erneut zu drehen begann. Sie wagte nicht vorherzusagen, ob sie als nächstes kreischen, heulen, lachen, sich auf dem Boden wälzen, wegrennen oder einen Adoptionsantrag stellen würde.

Ein verzweifelter Schrei in ihrem Rücken bewirkte, daß sie fürs erste nichts von alledem tat. Katharina fuhr herum.

Auf der Schwelle zur Werkstatt stand bleich und zitternd, die Stirn von dionysischem Wahn umwölkt – niemand anders als Hans-Herwig, der ewige Jungautor. Mit anklagend ausgestrecktem Arm zeigte er auf den Riesen.

»Sie haben mich vernichtet«, brüllte er am Rande seiner Stimme, »Sie geistloser Mensch! Warum haben Sie mir den Sarg nicht geliefert!«

Hans-Herwig stolperte in die Werkstatt. Obwohl er ungefähr in Katharinas Richtung wankte, schien er sie nicht zu sehen.

Dafür roch Katharina die Fahne, die dem aufgewühlten Schriftsteller vorauswehte.

»Diese Nacht wäre es gewesen. Diese Nacht wäre

Gewaltiges entstanden. Und nun – alles vorbei.« Hans-Herwig fuchtelte in der Luft herum. »Ganz nah war ich dran an der Sargszene. Ich habe gespürt, wie der Boden unter Heinz-Ludwig nachgibt, es war so stark, ich mußte mich vom Schreibtisch stürzen, ich konnte spüren, wie der Fallwind die kindlichen Locken zerzaust, und dann ... und dann ... war plötzlich alles weg.« Dem Schriftsteller entfuhr eine Mischung aus Schluckauf und Schluchzen. »Weil ich den verdammten Sarg nicht hatte! Dieser unwiederbringliche Moment! Für immer verloren!«

Seine brennenden Augen richteten sich auf den Schreiner. »Und daran sind einzig und allein Sie schuld! Weil Sie mir den Sarg nicht geliefert haben. Sie widerlicher Ignorant! Sie haben einen Schriftsteller vernichtet.«

Wie in Trance taumelte Hans-Herwig auf die große Werkbank zu. Sein Blick traf Katharina. Ein begeistertes Lächeln huschte über sein Gesicht. Katharina glaubte nicht, daß er sie erkannt hatte. Wahrscheinlicher war es, daß er sie für die leibhaftige Erscheinung Santa Elfriedes oder sonst einer seiner Schutzheiligen hielt. Appollinische Verklärung hatte die Dichterstirn geglättet.

»Da ist ja mein Sarg«, flüsterte Hans-Herwig und strich andächtig über das Holz. »Vielleicht kann ich mein Werk noch retten. Ich muß nur den Sarg mitnehmen. Jetzt gleich. Vielleicht gelingt es mir, die Ekstase wiederzufinden.«

In die Kleinfamilie, die den Künstlerauftritt bislang ohne sichtbare Anteilnahme verfolgt hatte, kam Bewegung. Mit wenigen schwerfälligen Sätzen sprang Fiffi zu der Werkbank, hievte sich hinauf und ließ seine vollen zwei Zentner in den Sarg plumpsen.

Hans-Herwig schrie auf. »Du! Was willst du in meinem Sarg! Komm augenblicklich wieder raus aus meinem Sarg!«

Fiffi knurrte im Innern der Kiste. Offensichtlich war er in der Frage der Eigentumsverhältnisse anderer Meinung. Als er wieder auftauchte, hing ein Stück rohes Fleisch aus seinem Maul. Sein nackter Oberkörper war rot verschmiert.

Hans-Herwigs angegriffene Nerven begannen zu reißen. »Du krankes Subjekt«, kreischte er Fiffi an, »geh aus meinem Sarg raus! Geh sofort aus meinem Sarg raus!«

Er packte Fiffi am Schädel und versuchte, ihn auf diese Weise aus der Kiste herauszuziehen. Doch Fiffi war fest entschlossen, sein neues Körbchen bis zum letzten Blutstropfen zu verteidigen. Er schüttelte den Schriftsteller wie eine lästige Fliege ab und schickte einen Schlag hinterher, der die Kieferknochen des Feindes krachen ließ. Die fragile Goldrandbrille landete in den Hobelspänen. Hans-Herwig heulte auf. »Du Irrer! Du Irrer! Das wirst du bereuen!«

Fiffi gab ihm keine Chance, sich ein zweites Mal an seinen Ohren zu verkrallen. Der gereizte Hund richtete sich auf und verpaßte seinem Angreifer einen solch heftigen Tritt gegen die Brust, daß dieser rückwärts taumelte.

Hans-Herwig ruderte mit den Armen wie ein Ertrinkender. Doch nichts vermochte seinen Sturz noch aufzuhalten. Er geriet in immer tiefere Rückenlage, seine Füße fanden auf dem nackten Betonboden keinen Halt mehr. Mit dem Geräusch, mit dem ein Straußenei geköpft wird, schlug sein Hinterkopf auf einen massiven Schraubstock auf.

Der Dichter krümmte sich auf den Sägespänen. Hell und klar sprudelte das Blut aus seinem Kopf.

Katharina konnte nicht anders: Sie mußte grinsen. Sie

war sicher, daß seine Sterbeszene das Lebendigste war, was Hans-Herwig jemals produziert hatte.

Und auch der Dichter schien mit sich nicht unzufrieden. Ein letztes Lächeln beseelte seinen erlöschenden Blick. »Das ist es«, murmelte er und spuckte Blut, »das ist es.« Sein Kopf sackte zur Seite. Deutschlands hoffnungsvollste aller literarischen Nachwuchshoffnungen hatte den Geist ausgehaucht.

»Brav, Fiffi, brav«, erklang die Stimme der greisen Venus. Die heilige Familie hatte sich wieder zum Gruppenbild formiert. Mutter und Sohn hielten einander im Arm. Fiffi leckte sich das Maul.

Draußen war es endgültig hell geworden. Blinzelnd wandte sich Katharina in Richtung Ausgang. Sie legte sich den Gürtel, den sie die ganze Zeit in ihrer Hand gehalten hatte, um den Hals.

»Würde es Ihnen etwas ausmachen, noch ein Foto von uns zu schießen, bevor Sie gehen?« In Zeitlupe drehte Katharina sich um. Die alte Venus streckte ihr eine Polaroidkamera entgegen. »Nur so zur Erinnerung«, sagte sie und lächelte.

SICHELN UND WÜRGEN

Frau Dorn entdeckt die Familie als Hort des Verbrechens

Am 29. Mai 1999 erdrosselt in Berlin eine 45jährige Kassiererin ihre 18jährige Tochter mit dem Telefonkabel. Am 11. März 2000 ersticht ein 34jähriger Staplerfahrer seinen 67jährigen Vater mit einem Kampfmesser. Am 29. August schlägt ein 39Jähriger seiner Ex-Frau mit einem Zimmermannshammer ins Gesicht, als diese mit den gemeinsamen Kindern spazierengehen will. Am 31. August erschießt in Hamburg ein 32Jähriger seine Ex-Frau und zwei ihrer Töchter. Am 1. September läßt ein 44jähriger Koch seine 6jährige Tochter im Kofferraum ersticken.

Was ist nur los in Deutschlands Familien, fragt sich manch einer besorgt. Nichts, was in Familien nicht schon immer los gewesen wäre. Familie und Verbrechen sind engste Verwandte seit Anbeginn. »Mach keine Türen auf in diesem Haus! Gepreßter Atem – pfui! – und Röcheln von Erwürgten, nichts andres gibt's in diesen Mauern!« sagt Elektra. Und wartet darauf, daß ihr Bruder heimkehrt, um die Mutter und deren neuen Liebhaber mit demselben Beil zu erschlagen, mit dem diese zuvor Elektras Vater erschlagen haben. Der Begriff »Familientragödie« ist ein Pleonasmus. Familie ist Tragödie. Seitdem uns das Abendland Familiengeschichten überliefert, sind es Geschichten von Mord und Totschlag: Kronos entmannt seinen Vater mit einer steinernen Sichel, befreit seine Geschwister aus dem Tartaros, in den der Vater diese geworfen hatte, und heiratet seine Schwester Rhea, um jedes Kind zu verschlingen, das diese zur Welt bringt. (Und wird zu guter Letzt dann doch von seinem davongekommenen Sohn Zeus gestürzt.)

Je nun, werden die Familienidealisten einwenden, das sind doch alles Geschichten aus blutiger Vorzeit. Seitdem das milde Licht des Humanismus in unsere Wohnstuben dringt, sind solche Geschichten von kinderfressenden Vätern, kastrierenden Söhnen und beilschwingenden Töchtern passé. Erbkrankheiten und Siegelringe, ja, die geben wir auch heute noch von Generation an Generation weiter, aber doch keine Geschlechterflüche mehr.

Aus und vorbei.

Aber wie kommt es dann, daß im vogtländischen Mühltroff drei Säuglingsleichen jahrelang säuberlich verpackt in einer Kühltruhe liegen? Und wieso schickt eine Cornelia P. ihren Sohn los, um Ecstasy zu besorgen, mit dem er den Vater vergiften soll? (Der Anschlag scheiterte nur deshalb, weil die Dealerin dem Sohn statt Ecstasy Togal-Tabletten verkaufte.) Nein, liebe Familienmitglieder, wir sind nicht in Sicherheit. Die Orestie kann immer und überall geschehen. Auch in Hellersdorf.

Die Familie ist keine Kurklinik. Sie ist ein Irrenhaus. Das manchmal zum Schlachthaus wird. Selbst die deutsche Justiz anerkennt, daß die Familie Menschen produziert, die nicht mehr voll zurechnungsfähig sind. »Das Gericht ist zu der Auffassung gelangt, daß der Angeklagte auf Grund der familiären Situation möglicherweise in seiner Schuldfähigkeit eingeschränkt war.« – Ein Satz, den man im Zusammenhang mit Verbrechen im Kreis der Lieben auffällig oft hört.

Gefahr ist immer im Verzug, wenn Menschen zu nah zusammenrücken. Mensch und Mensch ist das explosivste Gemisch, das der Chemiebaukasten hergibt. Zum großen Knall kommt es, wenn sich die erhitzten Teilchen abkühlen und dennoch beieinander bleiben. Nichts anderes ist Ziel und Zweck der Familie: Menschen unter einem Dach zu halten, die nicht (mehr) unter einem Dach leben wollen.

Elektra sagt es klar: »Uns bindet Haß im Hause dort zusammen ja.« Wer für Familie ist, muß auch für die verschärfte Edition von Big Brother sein, in der zehn Kandidaten aneinander gefesselt werden. Da letzteres Projekt auf eine Woche beschränkt sein soll, ist es die harmlosere Variante.

Nirgends werden so brutale Besitzverhältnisse von Menschen an Menschen geschaffen wie in der Familie. Und deshalb ist der innerfamiliäre Kampf um Selbstbehauptung auch der brutalste: Morde oder stirb! Frauen töten ihre Männer, um sich von ihnen zu befreien. Männer töten ihre Frauen, sobald sich diese von ihnen befreien wollen. Väter töten ihre Kinder, um ihre Ehefrauen zu bestrafen. Mütter töten ihre Kinder, weil sie sie nicht mehr ertragen. Kinder töten ihre Eltern, weil sie endlich ein eigenes Leben führen wollen. So war es und so wird es immer bleiben. Deshalb: Liebe Väter, Mütter, Töchter, Söhne! Geht auseinander, solange noch Zeit dazu ist!

Wer dem Verbrechen keine Chance geben will, sollte auch der Familie keine mehr geben. Familienauseinanderführung ist eins der wirksamsten Mittel zur Verbrechensbekämpfung.

DAS GOLDENE VLIES

Ihr Blick scannt jeden Mann in der Bar. Fieber sprenkelt ihre Augen. Sie kratzt den kleinen Leberfleck, der auf ihrem nackten Schulterblatt sitzt, blutig. Ihre Zigarette verschmaucht im Aschenbecher. *Ich brauche einen Mann*, schreit es in ihrem Hirn. *Dringend einen Mann.* Der anämische Cocktailschwenker hinter der Bar lächelt ihr zu. *Einen richtigen Mann.*

Stella bestellt den zweiten Drink. Das kleine Schwarze klebt ihr am Rücken. Ihre Hände zerknicken den alten Strohhalm. Die Lippenstiftspuren, die sie auf ihm hinterlassen hat, färben ihre Finger rostbraun.

Die Jukebox in ihrem Hirn läuft Amok. *Sag mir, wo die Männer sind. Ich will nen Cowboy als Mann. Einen Mann, einen richtigen Mann.* Der bleiche Cocktailschwenker serviert Stella den nächsten Grashopper. Hastig saugt sie das grüne Rattengift in sich hinein. Das Inferno in ihrem Innenohr wird leiser.

»Na Belladonna, noch was Nettes zum Trinken?«

Stellas Blick schwenkt knappe fünfzig Grad nach rechts. Ein rotgelockter Zuchtbulle auf Wochenendfreigang lehnt neben ihr am Tresen. Sie spitzt die Lippen um den Strohhalm herum.

»Mach du erst mal dein Hemd auf.« Ihre Stimmbänder surren.

Red Bull grinst in voller Schulterbreite und geht sich an die Knöpfe.

Der Grashopper in Stellas Strohhalm beginnt zu röcheln. Ein Mikro-Blick hat genügt. Die Funken in ihren Augen sind erloschen. »Tut mir leid.« Sie schnorchelt ins leere Cocktailglas. »Ich bin nicht pädophil.«

Red Bull lacht, als habe er einen seltenen Blondinenwitz gehört.

Stellas Augen blitzen nach oben. »Auf deutsch heißt das: Verpiß dich!« Sie knallt das Glas auf die Theke und greift nach ihrer Zigarette. »Ich rede nicht mit Männern, die keine Haare auf der Brust haben.« Zwei scharfe Rauchschwaden entströmen ihren Nasenlöchern. Sie stößt die Zigarette in den Aschenbecher. Glutkörnchen spritzen über den Tresen.

Red Bulls Pranken hinterlassen auf der Hochglanztheke feuchte Flecken. »Hey, mach mal langsam, Püppchen!« Er arbeitet sich in Positur.

Stella sammelt die letzten Tropfen Grashopper in ihrem Strohhalm. Sie neigt den Kopf zur Seite und bläst.

Ausdruckslos verfolgt sie, wie der milchgrüne Schleim an der glatten Brust hinabläuft.

Die heruntergebrannte Kerze blakt. Es ist früher Morgen. Erst den vierten Saturday-Night-Fighter hat sie mitgehen lassen. Stella dreht sich auf ihrem breiten Gitterbett zur Seite. Die Matratze überträgt den hämmernden Puls des Mannes neben ihr. Sie steckt sich eine Zigarette an. Ihre Finger zittern.

Stella richtet sich auf, nimmt die Kerze in die Hand. Sorgfältig betrachtet sie ihr begonnenes Werk. Der Mann stöhnt. Sie beugt sich prüfend nach vorn. Der blonde Brustpelz liegt unter einer dicken Wachsschicht begraben. Einzelne Haare ragen hervor wie Weberknechtbeine in Zuckerguß.

Stella nimmt einen letzten Zigarettenzug. Sie muß

sich konzentrieren. Jeder Fehler ist tödlich. Behutsam beginnen ihre Finger, die Wachsränder von der Haut zu lösen.

Stella hält die Luft an. Millimeter für Millimeter, mit der Geschwindigkeit, die lange Praxis sie gelehrt hat, hebt sie den wächsernen Brustpanzer ab. Der Widerstand der ausreißenden Haare jagt ihr Schauer über den Rücken. Immer noch wagt sie nicht zu atmen. Eine Sekunde der Unachtsamkeit, und ihr Werk ist vernichtet.

Die letzten Haarwurzeln verlassen ihren Schaft. Stella schreit. Mit beiden Händen hält sie den Brustpanzer in die Höhe. Ihre Augen tränen vor Glück. Der Harnisch ist perfekt gelungen: ein breiter, ideal gewölbter Männertorso. Gefüttert mit dem Goldenen Vlies. Das prächtigste Stück in ihrer Trophäenkammer. Mit heiliger Vorsicht trägt Stella das Meisterwerk durchs Zimmer und lehnt es gegen die Wand.

Hinter ihr reißt der Mann heftiger an seinem Geschirr. Stella geht zum Bett zurück. Ihre Schritte sind heiter. Sie setzt sich neben den Gefesselten. Zärtlich streichelt sie die gerötete Haut.

»Mein armer Wolf, ist dir kalt?« Sie küßt die Brustwarzen, die sich wie kleine Vulkankegel in der roten Wüste erheben. Ein stummes Beben durchrieselt den ausgestreckten Körper.

»Ich glaube, ich sollte dir jetzt etwas Gutes tun«, flüstert sie dem Mann ins Ohr. »Soll ich dir etwas Gutes tun?«

Sie zieht die langen schwarzen Latexhandschuhe an, die neben dem Bett liegen. Der Inhalt einer schlanken Metallflasche ergießt sich über die nackte Brust. Vager Moschusduft schwebt in den Raum. Stella setzt sich rittlings. Großzügig verteilt sie das Öl auf der geschundenen Haut.

Der Mann blinzelt vor Überraschung. Und Wohlbehagen. Und Überraschung. Das Massageöl läßt seinen Moschusschleier fallen. Die gesalbte Haut flammt auf. Der Brustkorb des Mannes krampft sich zusammen. Entsetzte Würgelaute brodeln aus seinem Innern. Seine Augen sprühen Fragezeichen.

Stella hört nicht auf zu massieren.

»Unkrautvertilger, mein armer Wolf, Unkrautvertilger«, sagt sie weich.

Die Zuckungen des Mannes werden stärker. Mit aller Kraft muß Stella ihre Oberschenkel in seine Flanken pressen. Sie genießt das Rodeo, jedes Anspannen, jedes Aufbäumen, jedes Abflauen. Bis es vorbei ist. Aus dem Würgen ist Schweigen geworden. Dem geknebelten Mund des Mannes entrinnt nur noch weißer Schleim.

Leise summend steigt Stella aus dem Sattel. Sie wirft die zerzausten Haare in den Nacken. Mit äußerster Vorsicht streift sie die langen schwarzen Handschuhe von den Armen.

DEUTSCHLAND, LEICHE, MUTTER

Frau Dorn wirft einen Blick in die Abgründe der deutschen Seele

German Psycho (I): Stellen Sie sich vor, Ihr Name ist L. Sie sind vierzig Jahre alt und leben mit Ihrer 74jährigen Mutter in einer kleinen Wohnung in Berlin-Tegel zusammen. Und soeben ist Ihre Mutter für immer entschlafen. Was tun? Beerdigungen sind teuer, und Geld verdient haben Sie schon länger nicht mehr. Warum auch, schließlich haben Sie in den letzten Jahren von Mutterns Rente ganz ordentlich gelebt. Verzagt greifen Sie zum Telefon, um einen Krankenwagen zu rufen, da kommt Ihnen eine Idee. Wenn niemand erfährt, daß Ihre Mutter gestorben ist, hört auch niemand auf, Ihrer Mutter die monatliche Rente zu überweisen. *Ecco un genio!* Setz die Mama in den Sessel, und alles bleibt, wie es gewesen ist! Sicher, die ersten Monate könnten geruchlich hart werden, aber irgendwann fängt auch die zähste Leiche an, vom Stadium des Verwesens in das des Mumifizierens und Skelettierens überzugehen.

German Psycho (II): Herr M. hat Angst. Angst um Deutschland. Nacht für Nacht liegt er in seinem Bett und wälzt sich. Er liebt sein Land. Und weil er sein Land liebt, sieht er, daß es immer schwächer wird. Immer anämischer. Deutschland blutet aus. Und nur, weil seinen Söhnen und Töchtern der Saft abhanden gekommen ist. Irgendwie hat das deutsche Volk keine Lust mehr. Spaß schon, Spaß wie noch nie, aber recht eigentlich keine Lust auf nichts, das spürt Herr M. genau. Es herrscht kein Schwung mehr im deutschen Zeugungs- und Gebärgetriebe. Germanias Kinder tun nichts mehr, um Germania gesund zu halten. Nuckeln sich einfach an der Mutterbrust fest und saugen ihr, wenn keine Milch mehr fließt, eben das Blut aus.

Unruhig wirft sich Herr M. von der einen auf die andere Seite. Vor seinem brennenden Auge tauchen die Zahlen auf, die ihm seine Demographen letzte Woche vorgelegt haben. Schlimme Zahlen. Alarmierende Zahlen. Ein deutscher Jahrgang hat heute noch knapp 800.000 Angehörige. Diese Zahl nimmt pro Jahr ungefähr um ein Prozent ab. Das heißt, die nächste Generation wird um – Herr M. rechnet: 30 Jahre, jedes Jahr 8.000 Deutsche weniger, das macht 240.000 – 240.000 von 800.000 – also um ein Drittel (!) kleiner sein als die Elterngeneration.

Herrn M. wird schwindelig. Er steht auf, tappt mit nackten Füßen zum Waschbecken und schenkt sich ein Glas Wasser ein. Eiskalt steht sie da vor ihm, die Wahrheit: Was fünfzig Jahre Demokratie nicht geschafft haben, der Demographie wird es gelingen: Die Deutschen sterben aus.

Panik erfaßt Herrn M., er beginnt zu rechnen, immer schneller zu rechnen, die Mitternacht ist längst vorbei, aber er muß weiterrechnen, die Zahlen gehen mit ihm durch. 300.000 junge – kranken-, renten- und sozialkasseneinzahlungswillige – Zuwanderer müßten jährlich ins Land kommen, um Deutschland zu retten. 300.000 jährlich! Das macht in zehn Jahren 3 Millionen und in hundert Jahren gar 30 Millionen Zuwanderer in Deutschland!

Herr M. schließt die Augen. Ein paar Tränen steigen in ihm auf. Wo soll das alles nur enden. Mit dem deutschen Reinheitsgebot und überhaupt. Ein Multikultisaft wird es werden, das deutsche Blut, ein wild gemixter Multikultisaft! Und nur, weil die Deutschen keine Lust mehr haben!

Herr M. wird zornig. Mutterkreuz! denkt er, Lebensborn!,

aber er weiß, daß er das nicht denken darf. Wie er überhaupt all das nicht denken darf, was jetzt weiterhelfen würde. Und dabei hat er es doch so klar erkannt, das deutsche Dilemma: Führer oder Unglück – den dritten Weg gibt es nicht. *Verfluchte Klemme*, stöhnt Herr M. nun wie weiland Wagners Nibelung, *da kleb ich fest*. Aber es muß ihm doch erlaubt sein, dem Land, das er so liebt, wieder eine Perspektive zu geben. Es kann doch nicht sein, daß alle Begriffe, mit denen er das deutsche Volk jetzt aus seiner Lethargie reißen könnte, im Giftschrank der Geschichte stehen.

Herr M. zerwühlt sein immer müder werdendes Gehirn. Leitung? Leiten? Leiter? – Ja, das könnte gehen. Deutschland braucht einen neuen Leiter. – Nein, das hat noch nicht die nötige Strahlkraft. Klingt noch zu bürokratisch. Aber das mit dem Leit- ist prinzipiell nicht so schlecht. Leit-zins, Leithammel, Leit-wurst, Leit-wesen, Leit- – Herr M. fährt auf. In die Senkrechte geschleudert von der Wucht des soeben geborenen Begriffes: Leitkultur! Natürlich! Warum ist er da nicht sofort drauf gekommen! Das einzige Wort, das dem Deutschen quasi aus der Seele geschnitten ist und das er dennoch getrost in den Mund nehmen darf: Kultur! Deutschland braucht eine – deutsche Leitkultur! Lange vermißtes Glück durchströmt Herrn M. – Deutsche Leitkultur! Das ist es! Und damit keiner diesem wunderschönen, säuglingsfrischen Begriff etwas antun kann, beschließt Herr M. – nicht ohne ein Lächeln – ihm noch ein kleines »freiheitlich« als schützendes Tarnkäppchen überzustülpen. *Freiheitliche deutsche Leitkultur!* Zum ersten Mal seit Wochen schläft Herr M. selig ein.

VORSICHT STEINSCHLAG!

Der große Sassen, Gebieter über zwei Fernsehsender, eine Rundfunkanstalt und mehrere Verlagshäuser, war ein gewaltiger Mann. An diesem Abend saß er bei angenehm gedämpftem Licht und den verschwimmenden Klängen eines Pianos in dem schweren schwarzledernen Sessel einer Hotelbar und schwitzte. Er versuchte, seinen mächtigen Körper aufrecht zu halten, während sich die Schweißtropfen an seinen Schläfen lösten und langsam am Hals hinunter in seinen Kragen rannen. Sein Kopf, der sonst Imperien lenkte, erschien ihm lächerlich weit vom Rumpf entfernt. Wie eine zufällig abgesprengte Felskugel thronte er auf dem Körpermassiv.

Sassens Gegenüber, eine junge Künstlerin namens Nona, modellierte, während sie sprach, mit ihren schmalen Händen die Luft. »Mein Material lebt, es atmet, es pulsiert, verstehen Sie? Ich versuche nicht, es zu manipulieren. Als Bildhauerin muß ich stets darauf lauschen, wohin mein Material will. Ich zwinge ihm nichts auf, ich bringe es nur dorthin, wohin es von selbst strebt.« Nonas nackte Ellbogen blitzten auf, als sie ihr langes, dunkles Haar mit beiden Händen in den Nacken zurückwarf. Ihre glatten Achselhöhlen reflektierten das milde Barlicht. »Wenn ich mit einer Arbeit beginne, hat mein Material noch Angst. Es ist vorsichtig. Es kann nicht wissen, ob ich ihm Gewalt antue. Erst nach und nach öffnet es sich mir.«

Der große Sassen preßte seinen Rücken tiefer in die Lehne des Sessels. Die Rinnsale, die unentwegt aus der Quelle über dem Ohr rieselten, stauten sich zwischen seinen Schulterblättern und färbten dunkle Seen auf den nachtblauen Anzug. Ein feines Frösteln ergriff ihn.

Das Stadium, wo er noch Worte mit Sinn verbinden konnte, hatte Sassen hinter sich gelassen. Die Stimme der Bildhauerin plätscherte über ihn hinweg. »Ich spüre die Impulse, die mein Material aussendet. Es wird erst dann ruhig, wenn es seine endgültige Gestalt gefunden hat. Jedes Ding hat eine ideale Form. In diesem Augenblick weiß ich: Mein Werk ist vollendet.« Nona beendete ihre Rede mit einem knappen Lächeln und lehnte sich zurück, die Hände im Schoß gefaltet.

Sassens weiße, fleischige Finger hatten sich vom Körper losgemacht. Wie ein Quintett Nacktschnecken krochen sie über das lederne Armpolster des Sessels, feucht glänzende Spuren hinter sich lassend. »Nona, Sie sind eine außergewöhnliche Frau.« Sein Atem ging flach.

Nona schickte abermals ein kurzes Lächeln in ihr Gesicht. Darunter arbeitete sich das Cocktailkleid Zentimeter für Zentimeter an ihren Schenkeln empor. Für eine Sekunde stießen die Kanten von Rock und Strümpfen aneinander, lag tiefes Schwarz an transparentem Schwarz, dann schimmerte ein schmaler Streifen weißer Haut auf.

Sein Herz, sein Herz, ja, der große Sassen fühlte sein Herz. Etwas Unbekanntes schüttelte ihn, ein Grollen machte ihn schauern, brachte den Rotwein, den er soeben an den Mund geführt hatte, in Wallung, ließ ihn über den beengenden Glasrand hinausschwappen. Sassen spürte das Weiße in seinen Augen, ein Balken, ein weißer Balken brannte in seinen Pupillen. Verzerrte Bilder überschlugen sich in seinem Hirn, tanzten an der Innenwand seines Schädels den *Tango mortale*. Der Findlingskopf drohte aus seiner fragilen Lage herabzustürzen.

Nona erhob sich, und mit dem weißen Balken erlosch das Beben. »Kellner, einen Salzstreuer, bitte! Der Herr hat sich mit Rotwein befleckt.«

In Sassens Gesicht war es still geworden wie auf einer verödeten Leinwand. Einzig hinter den weit geöffneten Augen glomm eine machtlose Glut.

Es war ein Bild von ergreifender Schönheit, wie sich der große Sassen auf die Ewigkeit einrichtete. Die junge Bildhauerin zögerte einen Moment, bevor sie sich über ihn beugte. Mit geübten Fingern schloß sie die Lider im denkmälernen Antlitz. Die Signatur eines bedeutenden Lebens. Ihre Schritte entfernten sich lautlos über den dunklen Läufer. Und noch desselben Tages empfing eine respektvoll erschütterte Welt die Nachricht von Sassens Tode.

FUN & FUNDAMENTALISMUS

Frau Dorn sorgt sich um die Zukunft des Verbrechens

Das fängt ja gut an. Während 45 zum äußersten entschlossene Frauen sich in einem Kölner Hotel den Mut anschwipsen, den sie für die größte Herausforderung ihres Lebens brauchen werden (Ja! 2001 heirate ich einen Millionär!), treibe ich in meiner Berliner Badewanne dem Millenniumswechsel entgegen. Die gelbe Plastikente treibt mit. Hält sie um null Uhr ihren Schnabel über Wasser, kommt ein gutes Jahr. Schnabel unter – schlechtes Jahr. Andere Leute gießen Blei. Kurz vor Mitternacht klingelt das Handy. Ich höre die verzweifelte Stimme einer Freundin sagen: »Du mußt mir helfen! Ich weiß noch immer nicht, was ich mir fürs neue Jahr vornehmen soll.«

»Du könntest dir vornehmen, einen anonymen Millionär zu heiraten.«

»Bist du bescheuert?«

»Du kannst dir ja vornehmen, einen Schwerverbrecher zu heiraten.« (Wetten, daß auch in dieser Show 45 Frauen modische Strandtücher um die Hüften wickeln und beteuern werden, Vertrauen sei für sie in einer Partnerschaft das absolut total Wichtigste?)

»Ich will nicht heiraten.«

»Dann nimm dir halt vor, ein anständiges Verbrechen zu begehen.«

Ich lasse die Stimme der Freundin ins Wasser fallen. Die Ente kentert, doch das war vorhersehbar.

Anständiges Verbrechen begehen. Das sagt sich leicht. Was kann es sein, das anständige Verbrechen 2001?

Mit BSE müßte es zu tun haben. Wenn selbst im fernen Kanada die Hirsche dem Hirschwahn verfallen, sollte sich in deutschen Ställen auch der Hühner-, Schweine-, Lämmerwahn entfachen lassen. Schade, daß die Freundin keine geniale Laborbastlerin ist. Vielleicht sollte sie doch den Millionär heiraten und ihn in der Hochzeitsnacht über den Styx reiten. Aber vermutlich braucht es dazu einen echten achtzigjährigen Milliardär. Und so es diesen hierzulande überhaupt gibt, kommt er sicher aus einer zu alten Familie, als daß er sein Frischfleisch im TV-Shop kaufen würde.

Die Ente grinst, als ich sie beim Versuch, das Handy zu bergen, untertauche. Bevor sie selbst es tut, steigt eine Kette feiner Luftblasen auf. Die Ente leckt. Und das Handy will auch nicht mehr. Also kann ich die Freundin nicht anrufen und ihr sagen, daß sie sich einfach vornehmen soll, am nächsten verkaufsoffenen Sonntag die Potsdamer-Platz-Arkaden in die Luft zu jagen. *Solutions for a small planet.*

Über die sinkende Ente und die abgesoffene Freundin hinweg versuche ich ins nächste Jahr zu schauen. Auf welche Verbrechen wird unsere kleine Welt verfallen?

Boris Becker bekommt das Sorgerecht für seine Kinder zugesprochen, Barbara Ex-Becker schreitet zur Medea-Lösung. Irgendein John oder Harry oder Hugo hat im dritten Brother-Container genug vom Nominieren und geht ans Terminieren. Christoph Daum lockert Bertis Obstgarten mit einer Handvoll Schnee auf. Jenny Elvers schickt Heiner Lauterbach und Alex Jolig zum gemeinsamen Tauchurlaub nach Jolo, weil keiner von beiden Alimente fürs Kind zahlen will. Ein arbeitsloser Fliesenleger aus Ingolstadt kidnappt Günther Jauch, weil er glaubt, der könne ihm verraten, welche Durchschnittstemperatur der Titicacasee im November hat.

Ach, Ferdinand – so heißt die Ente –, was soll werden?

Die Geschichten von großen Verbrechen, die von großen einzelnen begangen wurden, taugen bloß noch fürs schwarze Poesiealbum. Der Mensch schrumpft. Und auch die Epen über Familien, die einzig und allein vom Glauben an das gute, schöne, wahre Verbrechen zusammengehalten wurden, haben in Zeiten der Leitkultur, die noch die sizilianischsten aller Paten zu schwäbischen Staubsaugervertretern integriert hat, nur mehr nostalgischen Wert.

Das wahre Verbrechen des 21. Jahrhunderts wird der Terrorismus sein. Fun und Fundamentalismus seine beiden Motoren. Im ärmeren Teil der Welt werden es die Fanatiker, im reicheren Teil wird es die Generation Fanta sein, die die allerorts frei herumliegenden Lunten anzündet. *Spaß ist, was ihr draus macht.* Palästinensertuchträger und Prada-Junkies aller Länder werden sich nicht vereinigen und trotzdem an derselben Apokalypse basteln. Vom Volkslauf zum Amoklauf. Vom Global Village zum Global Fight-Club. Autobomben für Ideologien. Giftgas gegen Langeweile. Macht kaputt, was euch satt macht.

Eins vor Mitternacht. Noch fünfzig Sekunden. Die Ente sinkt. 3,5 Millionen pyrotechnisch hochgerüstete Berliner treten auf ihre Balkone. Vielleicht passiert es ja gleich: das Verbrechen des Jahres 2001.

QUELLEN

»Ultima Ratio« erschien erstmals in: Dietrich Schwanitz u. a.: *Amoklauf im Audimax*, Rowohlt Taschenbuch Verlag, Reinbek 1998.

»Verstrickt« erschien erstmals in: *XY – Das Männermagazin von Ludwig Beck*, No 1, München 1998.

»Geliebte Gattin« erschien erstmals in: *YoYo*, 4. Dezember 1996.

»Die Welt als Wille und Ausstellung« erschien erstmals in: *Hannoversche Allgemeine Zeitung*, 9. September 2000, in der Rubrik »Plaza – das Expofeuilleton«.

»Venus mit Hund« erschien erstmals in: B. Balke u. a.: *Berlin Noir*, Rotbuch Verlag, Hamburg 1997.

»Das Goldene Vlies« erschien erstmals in: J. Peters (Hg.): *Killing him softly*, Knaur/Droemersche Verlagsanstalt, München 1998.

»Vorsicht Steinschlag!« erschien erstmals in: *Das Magazin* (Wochenendbeilage des *Tages-Anzeigers* und der *Berner Zeitung BZ*), Nr. 22, 1.–7. Juni 1996.

Alle abgedruckten Kolumnen erschienen erstmals zwischen September 2000 und April 2001 im *Tagesspiegel*, Berlin, in der Rubrik »Montags links oben – Verbrechen«.